13 MANEIRAS DE VER UMA GAROTA GORDA

Mona Awad

---

13 MANEIRAS DE VER UMA GAROTA GORDA

Tradução: Verena Cavalcante

GLOBO LIVROS

Esta edição foi publicada em acordo com a Penguin Books, um selo do Penguin Publishing Group, uma divisão da Penguin Random House LLC.

Texto fixado conforme as regras do Acordo Ortográfico da Língua Portuguesa (Decreto Legislativo nº 54, de 1995).

Título original: *13 Ways to Look at a Fat Girl*

Editora responsável: Amanda Orlando
Editora de produção: Viviane Rodrigues
Editor-assistente: Rodrigo Ramos
Preparação: Mariana Donner
Revisão: Luísa Tieppo
Diagramação: Abreu's System
Capa: Matt Bray | Head of Zeus
Imagem de capa: © Shutterstock
Lettering: Charlotte Abrams-Simpson
Adaptação de capa: Carolinne de Oliveira

1ª edição, 2025

CIP-BRASIL. CATALOGAÇÃO NA PUBLICAÇÃO
SINDICATO NACIONAL DOS EDITORES DE LIVROS, RJ

A974t
Awad, Mona
13 maneiras de ver uma garota gorda / Mona Awad ; tradução Verena Cavalcante. – 1. ed. – Rio de Janeiro : Globo Livros, 2025.
240 p. ; 23 cm.

Tradução de: 13 ways of looking at a fat girl
ISBN 978-65-5987-277-0

1. Ficção americana. I. Cavalcante, Verena. II. Título.

25-97597.0 CDD: 813
CDU: 82-3(73)

Gabriela Faray Ferreira Lopes – Bibliotecária – CRB-7/6643

Direitos exclusivos de edição em língua portuguesa para o Brasil adquiridos por Editora Globo S.A.
Rua Marquês de Pombal, 25 — 20230-240 — Rio de Janeiro — RJ
www.globolivros.com.br

Sumário

Para Rex.

Havia sempre essa gêmea sombria; magra quando eu era gorda, gorda quando eu era magra, uma versão de mim mesma em negativo prateado, com dentes escuros e pupilas brancas, cintilando na luz caliginosa daquele outro mundo.

Margaret Atwood

1

O dia em que decidimos contrariar o universo

Decidimos contrariar o universo no McDonald's localizado na esquina entre as travessas Wolfedale e Mavis. Numa tarde de sol. Mel e eu detestamos tardes ensolaradas. Especialmente aqui, em Misery Saga, um nome que só quem vive em Mississauga pode usar. Em Misery Saga não tem nada para fazer nas tardes ensolaradas, exceto todas aquelas coisas que já fizemos mil outras vezes. Já deitamos de costas na grama, ouvindo o mesmo discman — um fone de ouvido com cada uma —, observando as nuvens de sempre passarem. Já caminhamos pela reserva florestal, fingindo que vivemos no País das Maravilhas, mesmo que, bem no centro do bosque, ainda dê para ouvir os carros passando. Já comemos cupcakes secos naquela confeitaria na beira da estrada onde a galera toda vai. A gente não gosta de ninguém, mas vamos mesmo assim, só pelo fervo. Já nos sentamos atrás das arquibancadas, dividindo um sorvete da Dairy Queen, com o vento levantando nossas saias plissadas, peça indispensável do uniforme do colégio católico, mostrando nossos joelhos ásperos. Nosso sorvete favorito se chama Blizzard; aquele com pedacinhos pulverizados de brownie, nozes e calda de chocolate, mas eles pararam de fazer por alguma razão. Por isso tivemos de vir ao McDonald's e comer um McFlurry, embora todo mundo saiba que ele nunca será tão bom quanto um Blizzard, ainda que a gente peça para misturar um monte de coisinhas no meio.

Estamos morrendo de tédio, como sempre, e já esgotamos todos os tópicos possíveis de conversa. Mel e eu só conseguimos falar até certo ponto sobre as garotas que odiamos ou as bandas, livros e meninos que amamos e gostamos de ranquear em uma escala de zero a dez. E só dá para brincar de Raça Humana por um tempo — um jogo no qual eliminamos toda a raça humana e deixamos apenas as pessoas que conseguimos suportar ou que as duas concordam que podem continuar vivas. Além disso, também não conseguimos nos alongar muito sobre como seria nossa primeira vez, o que estaríamos vestindo, com que garoto seria (e o que *ele* estaria vestindo), e que CD estaria tocando de fundo. Hoje, por exemplo, decidimos, pela segunda vez consecutiva, que Mel usaria um vestido vermelho de veludo e perderia a virgindade com o baterista do London After Midnight (trajando roupas da Renascença) ao som de *Violator*. E quanto a mim: vestido roxo de veludo, Vince Merino, terno retrô e *Let Love In*, mas todo dia eu mudo de ideia.

Depois, resolvemos jogar Papéis do Destino. Esse é o nome de um jogo que Mel inventou e funciona assim: você rasga dois pedaços de papel e escreve *Sim* em um e *Não* no outro. Após fazer duas bolinhas, você os sacode dentro das mãos enquanto fecha os olhos e faz uma pergunta ao universo. Você pode perguntar em voz alta ou só na sua cabeça. Mel e eu preferimos fazer a pergunta em silêncio, mas se for uma questão urgente, como a de agora, vai em voz alta mesmo. O primeiro papel a cair é a resposta. Agora estamos perguntando se Mel deve ligar para Eric e perguntar se gostou do CD que ela gravou para ele com suas músicas favoritas do Lee Hazlewood. Os Papéis do Destino já disseram *Não*, mas a gente vai tentar a melhor de três, porque não é possível que esta resposta esteja certa — ainda que os Papéis do Destino nunca errem. Na sequência, vamos perguntar se eu deveria continuar tentando falar com Vince Merino, mesmo após o fiasco do dia anterior.

Os Papéis do Destino respondem *Não* para Mel novamente e depois *Não* para mim.

O universo está contra nós, o que faz todo o sentido. Por isso pedimos outro McFlurry e por um tempo falamos sobre o quanto somos gordas. Só que não importa o quanto falemos sobre isso, ou o quanto Mel insista em dizer que é uma *porra de uma baleia* por debaixo das roupas; sei que eu sou mais gorda. *Bem* mais. Mel tem uma bundona, é verdade, mas é basicamente isso.

Se eu ganhar a discussão sobre quem é mais gorda, Mel vai dizer, "E daí, você é muito mais bonita que eu", mas acho que quanto à beleza facial estamos pau a pau. Ainda odeio meu narigão, ainda não desenvolvi nenhum transtorno alimentar e ainda não tiro as sobrancelhas. Então vou ser muito honesta com você. Nesta história, eu não sou lá essas coisas. Exceto pela minha pele, talvez, que Mel vive dizendo que morre de inveja. E pelas minhas tetas. Mel diz que são enormes e me garante que isso é algo positivo. Foi ela que me acostumou à palavra *tetas*, mas tenho dificuldade em me referir a elas desse jeito mesmo em pensamento. Elas me dão vergonha, e todas as palavras que as envolvem também, mas estou tentando, pelo bem de Mel, aprender a reconhecer minhas qualidades. Enfim, mesmo com a minha pele boa e as tetonas, ainda acho que Mel é mais bonita. E olha que ela tem psoríase e um bigode que precisa clarear com água oxigenada. Porém, sem dúvida, entre nós duas, Mel é quem tem mais chance com os meninos que a gente gosta. E é por isso, eu acho, que ela disse que os homens da mesa ao lado estavam olhando para ela.

Eu nem os havia notado. Estava ocupada demais comendo o meu McFlurry de Oreo, caçando os pedaços maiores de biscoito que às vezes ficavam presos no fundo do pote — *que ódio*. Mel é quem nota os homens primeiro, e move os lábios em silêncio para pedir que eu olhe para a minha direita. Eu me viro e vejo três executivos sentados na cabine próxima à nossa, comendo Big Macs. Suponho que sejam executivos porque estão usando terno, mas talvez sejam só vendedores de terno ou, sei lá, contadores. De qualquer forma, eles são homens, com mãos cabeludas e cheias de veias segurando Big Macs semi devorados.

Mel diz que eles não param de olhar para ela. Eu os encaro de novo e vejo que nenhum deles parece estar olhando em nossa direção. Eles nem mesmo estão olhando uns para os outros. Estão olhando ou para os próprios hambúrgueres ou para o espaço.

— Nem — diz Mel.

Ela tem certeza de que estavam olhando para as tetas dela. Mel tem muito orgulho das próprias tetas. E o que mais ama é um pequeno sinal que tem no topo do seio esquerdo. Por isso usa sutiãs de bojo com blusinhas decotadas — para deixá-los sempre em evidência.

— Eu quero um cara que seja obcecado por tetas — ela sempre diz. — Não quero um cara viciado em bunda porque não gosto da minha.

— Total — mostro toda minha solidariedade à causa.

— Bom, *eu* odeio — ela acha importante esclarecer. — Mas *eles* adoram. Vivem elogiando minha bunda. Mesmo assim, não tenho vontade de sair com um cara que curta bunda. Ele sempre ia querer fazer por trás.

— Total — deixo clara minha simpatia novamente. E ambas concordamos que jamais sairíamos com um cara que prefira pernas.

A razão pela qual aqueles homens a estão encarando, de acordo com Mel, é porque ela está "exalando sexo" desde que acordou. Nunca entendi o que ela quer dizer com isso. Meu melhor palpite envolve algo entre feromônios e uma força cósmica. Afinal, ela sempre diz que tem a ver com o universo. O que acontece é que o universo sente as vibrações sexuais que ela emite e aí as transmite a homens e mulheres que estejam na mesma frequência. Ela diz que aqueles homens, em específico, conseguem sentir o quanto ela está "exalando sexo". E é por isso que estão olhando. Ela está exalando o suficiente para nós duas. E é por isso que eles também estão me olhando. "Eles tão muito secando a gente", ela diz. Secaram ela primeiro, é claro, mas agora estão de olho em nós duas.

— Sério? — pergunto.

E ela responde:

— Total! Isso não te dá tesão?

Odeio a palavra *tesão*. Me faz pensar em suor, escarro e pentelho.

— Pode ser — respondo.

Embora a resposta seja não, nem um pouco. Esses homens não são atraentes. Bom, talvez não sejam feios. Em compensação, têm esses olhos inquietos de executivos e um deles já é grisalho. Parecem ter a idade do meu pai. Mal vi meu pai desde o dia em que foi embora, mas sei que ele tem um monte de namoradas. Geralmente mulheres com quem ele trabalha no hotel onde é gerente. Encontro vestígios delas nas raras visitas que faço ao apartamento dele — lingeries finas e rendadas entre as meias pretas, uma caixa de absorvente interno no armário debaixo da pia do banheiro. Ou então, entre os frascos de colônia masculina em formato de torso, um perfume enjoativamente doce. Uma vez uma delas deixou uma mensagem na secretária eletrônica dizendo: "Ai, eu sinto tanta saudade do seu corpo...". Eu não consigo nem imaginar como é possível alguém sentir saudade do corpo do meu pai, e não só porque ele é meu pai. Não, com certeza, nada do que está acontecendo aqui está me deixando com tesão, mas eu digo que meio que está porque, se eu não entrar no jogo da Mel, ela vai ficar brava e o rolê vai se tornar insuportável.

— Não seria divertido — ela diz — se a gente fosse até lá e fizesse uma proposta a eles?

— Qual proposta?

— Pra tipo, sei lá. — Ela suspira. — Chupar os três. Em troca de dinheiro. Acho que cada uma de nós vale ao menos cinquenta paus. Talvez até cem.

Mel é meio piranha. Mas nem pense em dizer isso a ela. Ela odeia a palavra *puta* e fica brava sempre que ouve alguém a usando. Uma vez ela ficou fula da vida com a nossa amiga Katherine, a menina da escola que quer ser freira, porque Katherine sempre usa essa palavra para falar de todo mundo que não gosta, e, segundo Mel, ela enche a boca de ódio para xingar. Eu digo, "O que esperar de uma garota que só quer ser tocada pela mão de Deus?", mas Mel diz que não está nem aí para isso, e que odeia Katherine de verdade, embora ainda sejamos todas amigas.

Acontece que, no passado, Mel teve que mudar de escola porque as pessoas não paravam de xingá-la de puta. Na maior parte do tempo pelas costas; mas, às vezes, na cara mesmo, como num filme ruim dos anos oitenta. Teve a ver com um menino de quem ela gostava, e que já tinha namorada, mas que, quando descobriu que Mel estava a fim dele, começou a dar em cima dela e nem pensou em terminar. Daí, quando Mel descobriu que o menino também estava a fim dela, achou boa ideia pagar um boquete para ele lá na reserva florestal. Lógico que, logo depois, a namorada dele descobriu tudo e fez com que todo mundo xingasse Mel de puta sempre que ela passava. Acho que o menino talvez tenha se sentido meio culpado por causa do oral e por isso decidiu contar tudo. Ou ficou tão orgulhoso do que aconteceu que não conseguiu calar a boca. Independentemente do motivo, Mel não aguentou o bullying e teve que mudar de escola. E foi assim que a conheci e que começamos a passar tédio juntas.

Mas as pessoas chamam Mel de puta na nossa escola também. É por causa das roupas que ela veste nos dias em que não precisamos usar uniforme, e pelo que veste no dia a dia também, tipo meias sete oitavos de lycra totalmente diferentes das meias-calças piniquentas de lã que deveríamos usar. E ela também enrola a saia plissada até o alto das coxas, então todo mundo consegue ver onde as meias terminam. Minha mãe acha que é por isso que chamam Mel de puta, mas eu discordo. Sem querer parecer uma velha falando, mas *você tem que ver o que as garotas vestem hoje em dia*. Algumas delas chegam a enrolar a saia quase até à virilha. Eu uso a minha na altura dos joelhos, mas às vezes, no caminho para a escola, eu a subo um pouquinho. Depois ela se desenrola sozinha e volta ao comprimento normal. Tudo bem. No futuro, eu vou ser bonita pra caramba. Vou crescer e perder um pouco da napa e desenvolver um transtorno alimentar. Daí vou ser faminta e furiosa pelo resto da vida e, ao mesmo tempo, vou curtir a vida adoidado.

Já faz alguns minutos que Mel está calculando, com muita seriedade, quanto valeríamos se decidíssemos nos oferecer aos três executivos. Ela pesou nossa juventude e o fato de sermos ambas virgens — tecnicamente virgem, no caso dela —, o que nos deixaria muito mais caras do que achava inicialmente.

— Trezentos dólares — ela conclui. — No mínimo. O que você acha?

— Trezentos na pior das hipóteses — respondo, jogando o jogo dela. Tento usar um tom de voz que lhe diga que estou só brincando.

Observo os homens mais atentamente. Dois deles até que são bonitos, mas um é meio flácido e pálido, com lábios finos de verme, e um olhar de uma fome que o Big Mac parece não estar dando conta de matar. O rosto desse homem me faz pensar na palavra *tesão*. Sei muito bem que se a gente decidisse fazer isso de verdade, ele ia acabar sobrando para mim.

— Mas pra onde a gente iria?

— Aposto que um deles tem um carrão preto grande o suficiente para acomodar nós cinco.

Ela olha pela janela manchada de produto de limpeza na direção do estacionamento. Eu a acompanho. Não tem nenhum carro desse tipo lá.

— Tem outro estacionamento nos fundos da loja — ela diz. — Vai lá falar com eles.

— Vai você. A ideia foi sua.

Ela olha para mim, dá um profundo suspiro, diz "Beleza", e se levanta.

— Espera — eu a chamo de volta.

— Que foi?

— Vamos no banheiro primeiro.

Quando nos levantamos para ir ao banheiro, Mel se aproxima dos três homens e diz "oi" com o que ela acredita ser sua voz mais sexy. Para mim, no entanto, a única diferença entre essa voz e sua voz normal é que ela soa mais esganiçada. Usando essa voz, ela pergunta a eles se, por acaso, sabem que horas são. Todos os três homens estão usando relógio de pulso, mas apenas um deles — o gordo pálido e tarado — consulta o dele. Os outros dois trocam um olhar e continuam comendo.

— São quase cinco e meia — ele diz, olhando para nós. E eu percebo que, ao fazer isso, seus olhinhos de executivo fazem um pequeno desvio dos nossos rostos para os nossos peitos. É um movimento quase imperceptível. Entretanto, quando chegamos no banheiro, Mel só sabe falar disso.

— Você *viiiu* a cara de *paaaaau* daquele cara? Tipo assim, ele tava *babaaaando* em cima da gente.

E eu respondo:

— Total, eu vi. Ele tava super olhando.

E ela diz:

— Ai, meu Deus, Lizzie, a gente *super* tem que fazer isso.

E eu concordo. A gente super tem.

Hoje foi o Dia Casual, o que quer dizer que, ainda que a gente tenha ido à escola, não estamos vestindo uniforme. O Dia Casual de hoje tinha um tema. Normalmente, Mel e eu os desrespeitamos porque são todos muito sem graça, mas o desta semana era baseado nos anos 60, então achamos que valia a pena. Todo mundo se vestiu de hippie, inclusive eu, mas Mel fez uma coisa muito mais legal. Ela encontrou um minivestido cheio de estampas loucas em vermelho e branco no brechó por, tipo, sete paus. Aí ela está vestindo isso e um brilho prateado nos lábios, que agora está retocando na frente do espelho. Ela também maquiou a parte de cima das pálpebras com uma grossa linha de delineador líquido preto. Recebeu elogios o dia inteirinho, ainda que a única pessoa que a gente conheça direito na escola seja Katherine. Várias garotas que a gente odeia se aproximaram para dizer coisas do tipo: "Amei o seu vestido". E Mel respondia, "Obrigada" — e depois que a garota se afastava, completava a frase —, "sua vaca". E nós duas gargalhávamos.

Termino de passar batom e observo enquanto Mel aplica uma camada fresca de delineador sobre um dos olhos. E então digo:

— Mas a gente não vai transar com eles.

Mel abana a mão sobre o olho para o delineador líquido secar mais rápido.

— Ai, meu deus — ela diz. — É óbvio que não. Você tá doida?

Dou um suspiro de alívio.

— Ufa, que bom.

— A gente só vai chupar eles no carro — ela diz. — Eles vão ganhar *o ano* depois disso.

— Beleza — respondo, e passo a língua sobre os dentes.

* * *

Rezo para que os executivos tenham ido embora na hora que voltamos para o restaurante, mas eles ainda estão lá. E um deles, nosso amigo do relógio, chega até a esboçar um sorriso quase amistoso. Mel dá um passo na direção da mesa onde estão sentados; todos olham para ela. Então, no exato momento em que Mel puxa o ar e abre a boca para começar a falar, eu a puxo pela mão e a obrigo a recuar.

— O que foi? — ela rosna.

— Vamos tirar Papéis do Destino rapidinho — digo de volta.

Mel suspira e volta comigo para a mesa onde estávamos sentadas.

Observo enquanto ela embaralha com desânimo os pedacinhos amassados de guardanapo. Então fecho bem os olhos e faço a pergunta ao universo com toda a força da minha mente.

Quando a bolinha de papel cai, eu a pego imediatamente da mesa e a desdobro.

Sim, diz o papel, na caligrafia roxa e cheia de voltas da Mel.

Obrigo-a a tirar a melhor de três.

— E agora? — ela pergunta, enquanto nós encaramos o segundo *Sim* amassado do universo.

Àquela altura, os executivos já estão se levantando e limpando as bandejas. O tarado, no entanto, não parece ter pressa; chega a sorrir para mim enquanto sai, de um jeito que só posso descrever como mirando no "paternal", mas acertando no tio pervertido. Mel e eu trocamos olhares, fazemos uma careta, fingimos um arrepio e caímos na gargalhada.

Mais tarde, Mel entrará em carros ou táxis com homens que mal conhece enquanto a observo da calçada. Ela concordará em chupar um cara em um banheiro químico masculino próximo à estação de trem por cinquenta dólares. Ela continuará usando o uniforme do colégio católico, mesmo depois de ter abandonado o ensino médio, para um homem de Sudbury que é a cara do Sloth de *Os Goonies*. Depois de Mel ter largado a escola de vez, eu vou encontrá-la em uma cafeteria antes que ela saia para um bar fetichista ou encontre algum cara, com os fones de ouvido tocando músicas cada vez mais obscuras, os braços e ombros cobertos de vergões e hematomas, cheia de histórias envolvendo homens que chamo de *The Icks* (Os nojentos), cujos nomes sempre pareciam terminar em ick. Rick. Vick. E também havia dois Nicks. Mel vai me contar suas histórias enquanto encaro todas aquelas marcas; todos aqueles redemoinhos roxo-azulados, hematomas com bordas amareladas, pequenas galáxias invertidas.

Muitos anos depois, deitada no banco de trás de um furgão estacionado, meus dois pulsos serão amarrados com um par de meias sujas de ginástica, e receberei um péssimo oral de um estudante de ciências sociais que dirá que minha inabilidade para gozar é psicológica. Darei uma volta no parque com um homem dez anos mais velho que eu, um físico indiano. Após me explicar sobre o conceito de ressonância, gesticulando muito e de forma violenta, ele vai se esfregar em mim entre as pedras que contornam o riacho artificial. Anos antes disso, em um quarto de hotel, vou pagar boquetes para um homem tão velho que poderia ser meu pai — um amigo da minha mãe —, todos os dias depois da aula por uma semana, até que ele se sinta tão culpado que decida contar tudo para ela, e nós nunca mais nos vejamos de novo. Durante toda aquela semana, esse homem vai pagar um táxi que me leve da escola para o hotel. E vou entrar nele, com o batom combinando com o esmalte, o sutiã combinando com a calcinha, me sentindo como uma garota num filme, até chegar lá; mas, ao vê-lo acenando da entrada do hotel, pronto para pagar o motorista, todo aquele sentimento vai desaparecer. "Você tá bonitinha", ele vai dizer, enquanto subimos de elevador, caso estejamos sozinhos. Bonitinha, não linda. Nem este homem, nem nenhum outro, me chamará de linda — não por muito, muito tempo.

* * *

— Eles super teriam topado, você sabe — Mel diz, me oferecendo um dos fones de ouvido ao nos levantarmos da mesa. — Especialmente aquele cara lá.

— Total — respondo, encaixando o fone no meu ouvido direito.

— E os Papéis do Destino disseram *Sim* — ela continua, colocando o outro fone em seu ouvido esquerdo e apertando um botão no discman. "Some Velvet Morning", de Nancy Sinatra, aumenta progressivamente de volume em nossos ouvidos.

— Você sabe o que isso significa? — ela diz. — Isso significa que o universo *queria* que a gente chupasse aqueles caras.

— E o que é que acontece quando a gente decide contrariar o universo? — pergunto, enquanto deixamos para trás os arcos dourados do McDonald's e adentramos a boca escura e ominosa da noite de Misery Saga.

— Sei lá — ela responde, pensativa. — Nunca fiz isso antes. Vamos ver no que dá.

Enquanto caminhamos até a casa dela sob nuvens negras, pensamos nessa questão, tomando o cuidado de caminhar lado a lado, mantendo exatamente a mesma medida de passos, para que o fio dos fones não puxe demais para nenhuma das direções.

2

Sua maior fã

Você acabou de enxugar meia garrafa de vodca, sete Kamikazes, e seis copos de Dirty Mother. Está chegando aquela hora da noite...a hora que você sente vontade de ligar para sua maior fã. Putz, como é o nome daquela gorda mesmo? Liz? Liza? Eliza? Enfim, alguma coisa terminada com "iza". O lance é que, mesmo que seja uma sexta à noite, e praticamente madrugada, você sabe que ela vai estar em casa. A garota gorda está sempre em casa. Organizando a coleção dela de contos de fadas e livros mitológicos em ordem alfabética. Lendo runas à luz de velas. Esticada sobre sua colcha de estrelas, escutando um subgênero de música vampírica de olhos fechados. Em outras palavras: esperando pela sua ligação. E você está certo. Ela fica ridiculamente feliz de ouvir sua voz — como sempre — outra qualidade inegável da garota gorda. Nesse quesito, ela é superdiferente de Certas Pessoas, que geralmente desligam logo após ouvir sua voz, ou deixam o telefone tocando sem parar, quando você sabe perfeitamente bem que elas estão em casa. Mas não a garota gorda — ela chega a ficar sem ar quando percebe que é você. Dá até para ouvir a boquinha carnuda dela se curvar em um O vermelho-escuro de surpresa.

— Ai, meu deus... Rob?! — a garota gorda quase grita.

Ela está tão empolgada! Nem acredita que você ligou!

— Ei... — Será que é Ellen? Elise? Alguma coisa terminada com "ise". Melhor não arriscar. — Ei, *você*!

Você diz que espera não estar incomodando, já que é muito tarde, embora saiba perfeitamente que não está. Não existe isso de ligar tarde demais para uma garota gorda.

— Magina, não tá nem um pouco tarde, nem um pouco tarde! — ela exclama. Feliz demais de ter notícias suas. — Eu já tava ficando até meio preocupada.

É fofo ver o quanto a garota gorda se preocupa. Ela gosta de você de verdade, diferente de Certa Pessoas que, naquela mesma noite, fizeram questão de dizer que não estão nem aí se você está vivo ou morto.

Bem, você diz à garota gorda que teve um dia de merda. Um dia de merda.

— Ei, você se importa se eu der uma passadinha aí? — pergunta a ela, mesmo sabendo que ela nunca se importa, e que, na verdade, ela meio que está ansiosa por isso.

— Lógico! — ela responde. — Mas só um detalhe: minha mãe está dormindo, então é melhor entrar pela porta dos fundos. Da outra vez você se esqueceu e acordou ela, lembra?

Você tem uma vaga lembrança de uma mulher grande enrolada em um roupão, encarando você pela porta da frente, enquanto a garota gorda acenava por trás daqueles ombros de rocha.

— Ah, sim, sua mãe — você balbucia.

Você olha para o relógio de pulso. Ela já não deveria ter se mudado de lá?

* * *

Já faz um tempinho que você não visita a garota gorda. Faz um tempinho desde que você derrapou pela vida através da noite escura da alma, na direção do minúsculo bangalô conjugado em que ela vive, só para atropelar um dos enormes vasos toscanos da mãe dela. Já faz um tempinho desde que você cambaleou até os degraus de entrada, desabou sobre o tapete de boas-vindas (*Limpe suas patas!*), e fez aquele ramo de galhos desidratados de bétula pendurados sobre a porta da frente balançarem quando bateu a cabeça contra ela. Para ser sincero, você não a visita desde sua última crise artística, quando passou a noite deitado no sofá bebendo todo o Cointreau da mãe dela — e o que mais encontrou —, enquanto a gorda assentia cheia de compaixão e fazia brigadeiro para você.

Esta noite, enquanto desliza pela passagem ladeada de narcisos, você fica contente de perceber que tudo está exatamente como você deixou. Lá está o quadrado amarelo de luz da janela da frente. Lá estão os roseirais cuidadosamente aparados nos quais você já vomitou. Lá estão as jardineiras cheias de florzinhas roxas e cheias de frescura que você não consegue deixar de acariciar, às risadinhas. Lá está a garota gorda cuja silhueta preenche toda a porta dos fundos, acenando para que você se distancie da porta da frente. Ela está tão feliz de ver você que está balançando os dois braços acima da cabeça, quase cacarejando:

— Pela porta da frente não, lembra? Aqui! Por aqui! Shhh!

— Sssshhhh — você responde à gorda, batendo nos lábios com dois dedos.

Ela parece mais gorda e mais cheia de frufrus, e também muito mais jovem do que você se lembra — o que é meio assustador. "Será que estamos voltando no tempo?", você se pergunta, enquanto segue aquela ampla figura de veludo amassado escada abaixo na direção da sala de estar, que, de alguma maneira, fica bem abaixo da superfície da terra, enquanto continua no andar térreo. Tanto faz. Porque olha,

Certas Pessoas nem se dão ao trabalho de esquentar um lanchinho pra gente quando estamos chegando. A garota gorda, por outro lado, já acendeu todas as velas perfumadas de baunilha e figo, cheia de expectativa com a sua chegada. Ela também queimou incensos de sálvia e nag champa em suportes de cobre. Até reabasteceu as tigelas de pot-pourri da mãe com Holiday Spice. Agora está curvada na frente do forno, com as mãos escondidas em luvas em formato de chapéu de chef, rezando em voz alta para que você goste de pão de Bananarama.

— Amo — você assegura à garota gorda, e desaba no sofá estampado de rosas, fazendo as almofadas indianas assobiarem e estalarem. Seu coração se aquece só de vê-la entrar e sair da cozinha, carregando pratos cheios de comidas que sabe que você ama: cubinhos crocantes de chocolate com marshmallow; sanduíches de geleia de framboesa e manteiga de amendoim cortados em triângulo e sem as cascas — você odeia casca, e a garota gorda sabe e se lembra, diferente de Certas Pessoas, que não fazem questão de saber e muito menos de lembrar.

— Eu teria feito mais — ela diz — se soubesse que você vinha.

Será que da próxima vez eu poderia avisar só um pouquinho antes? Para que ela pudesse se planejar melhor?

— Pode deixar — você tranquiliza a garota gorda. — Ei, você tem alguma coisa pra beber?

Depois do dia de merda que você teve, seria bom dar uma relaxada.

— Tive um dia de merda — você informa.

— Me conta, me conta tudo — implora a garota gorda, servindo a última dose do rosé da mãe dela, a única bebida que você não secou da última vez que esteve ali.

— É só que... ninguém me escuta, saca? — você fala. Não *de verdade*. — Especialmente Certas Pessoas — você completa, enquanto aceita o cálice gelado daquela mão rechonchuda e rosada.

A garota gorda sabe exatamente o que você quer dizer com "Certas Pessoas". Ela odeia Certas Pessoas. Na verdade, até mesmo a simples menção a Certas Pessoas faz seus olhos de Betty Boop se tornarem sombrios e duros.

— *Eu* te escuto — retruca a garota gorda.

— Você escuta — você diz a ela. — E eu amo como você escuta.

Você dá um sorriso trêmulo e uma piscadela que faz manchas vermelhas brotarem por todo o pescoço e o peito dela.

— Na real — você continua, esticando o braço e mexendo no pequeno laço vermelho aninhado na renda preta sobre os seios dela —, essa é uma das razões pelas quais eu vim.

Você compôs umas músicas novas, e gostaria que a garota gorda fosse a primeira a ouvi-las.

— Primeirona — você garante, levantando dois dedos.

— *Sério?* — ela ofega.

Oh! Oh! Como você fez o dia dela! Não, a semana! Não, o mês! Não, o ano dela!

A reação dela é totalmente diferente da de Certas Pessoas, que reviraram os olhos e resmungaram, "Ai, lá vem", quando você se ofereceu para tocar o seu novo álbum (provisoriamente intitulado de *Devaneios Novembrais*). Que lixou as unhas e fez careta durante faixas inteiras — nas quais você havia despejado sua alma até a última gota, como se torcesse um pano úmido, mas a sua maior fã, a garota gorda, ela ouve. Ela *entende*. Morde o lábio inferior para conter as lágrimas, você supõe. Ela se deita de costas no chão ("Para ouvir *de verdade*"), fecha os olhos e balança a cabeça profundamente, curtindo a microfonia e as distorções.

— Uau. — É a primeira palavra que diz. Ela a pronuncia em um sussurro fervoroso, de olhos ainda fechados. — Uau, uau, *uau*… — ofega a garota gorda, apertando a mão contra o peito todo vermelho.

E quando você pergunta se ela quer ouvir mais, ela não responde: "Socorro, tem mais?", como Certas Pessoas fazem.

— Eu adoraria — a garota gorda concorda, como se você nem tivesse de perguntar.

"Épico. Primordial. Cru. Incandescente." Esses são apenas alguns dos adjetivos que a garota gorda oferece para você junto ao pão de Bananarama, os triângulos de framboesa e manteiga de amendoim, os cubinhos de chocolate. Ela diz que é como se você tivesse a sensibilidade de Leonard Cohen combinada à sinceridade ácida de Daniel Johnston, envolta em uma aura de tragédia rimbaudiana — mas com os dentes de Nick Cave. Ela não repreende você por querer sair do emprego fixo, como Certas Pessoas. Em vez disso, aconselha a nunca desistir, com olhos úmidos, escuros e cheios de adoração; como os de um cachorro.

Você deita a cabeça no colo de veludo amassado da garota gorda e desabafa sobre como é difícil não desistir... quando Certas Pessoas não valorizam você.

— Mas eu valorizo você — ela fala, passando os dedos rechonchudos de leve pelo seu cabelo castanho já meio ralo.

— Bem, mas Certas Pessoas não — você diz à garota gorda; e ela bufa, escandalizada e indignada.

— Bem, Certas Pessoas têm muito mau gosto — ela funga, e você concorda; afinal, estava pensando exatamente a mesma coisa. É incrível como você e a garota gorda sempre parecem ter os mesmos pensamentos ao mesmo tempo. "Como se dividíssemos o mesmo cérebro," você diz. E ela concorda.

— Como se fôssemos almas gêmeas ou algo assim — ela sussurra, baixando os olhos. Então, depois de um momento, ergue os olhos para você de novo. — Escrevi uma coisa — ela murmura, envergonhada. — Pra você.

Ela não ia mostrar antes, mas acha que combina com a intenção criativa da faixa oito. Quer saber se você gostaria de ouvir.

— Manda ver — você responde.

Mas você não escuta a elegia da garota gorda, que ela lê com voz trêmula de um caderno decorado com fadas celtas. Você está ocupado demais a observando. Fascinado. Como as mãos dela tremem, como as manchas vermelhas no rosto e no peito desabrocham e aumentam de tamanho (você a deixa tão nervosa!), como ela espreita de tempos em tempos por trás de uma cortina de cabelo escuro com olhos brilhantes e sonhadores. E você não sabe o que é — se são os drinks, a vodka, o rosé ou alguma magia estranha —, mas não consegue tirar os olhos dela. Ela se transformou, como sempre parece acontecer a essa hora da noite, em algo que você *quase* poderia amar por pelo menos uma hora.

— Massa — você diz antes mesmo de ela terminar, e a garota gorda se cala. — Você é massa — você acrescenta, afastando uma mecha de cabelo preto da bochecha corada dela.

Que delícia vê-la tremer ao seu toque.

— Oh — ela sussurra, torcendo para que você não a esqueça quando for famoso.

— Não vou — você a assegura. Como poderia esquecer a garota gorda? Ela é, afinal, sua maior fã. E ninguém esquece sua maior fã. É falta de educação. E isso seria "muito, muito, muito feio", você murmura no ouvido quente e vermelho da garota gorda, que não para de estremecer.

Àquela altura, todas as velas de baunilha e figo já queimaram até o fim. Todos os sanduíches, os cubinhos de chocolate e as fatias de Bananarama foram devorados, e lavados garganta abaixo com o que restava da poção do amor dela. E agora você se vê dançando com três garotas gordas ao mesmo tempo, ao som das melhores músicas do lado B da sua fita. Você não ia botar essas para tocar, mas ela implorou, com as mãos gordinhas pressionadas uma contra a outra. Tá bom então, garota gorda.

Suas mãos, possuídas pelo vinho (ou pelo menos é o que você diz a si mesmo), deslizam pelo corpo macio dela; desde os seios incrivelmente firmes até as curvas monstruosas de suas coxas e flancos.

— *Escreviessamúscaprocê* — você diz, mesmo sem ter ideia de qual música está tocando. Seja qual for, provavelmente foi escrita para Certas Pessoas, pensando em seus lábios vermelhos, suas pernas pálidas e suas artimanhas de mulher.

Ah, mas Certas Pessoas, ao menos é o que sente agora, não merecem você. Nem a você, nem a sua música. Na verdade, você confessa à garota gorda, está pensando em terminar com Certas Pessoas.

— Sério? Isso é sério? — ela sussurra, como se você tivesse acabado de lhe dar de presente um filhotinho de cachorro com um laço amarrado no pescoço.

— É — você murmura contra o pescoço quente e fofinho dela, maravilhado com o fato de que, com apenas um sopro, é capaz de fazer uma garota gorda inteira tremer como uma folha.

Foi você que apagou as luzes? Foi você que a arrastou escada acima, atravessando o corredor, até chegar à caverna dela, um quarto atulhado de pôsteres e iluminado por pisca-piscas de Natal? Tudo o que você sabe é que, de manhã, seu coração martela no peito e a gargalhada de Deus ecoa em seus ouvidos ao acordar nu, debaixo de um edredom estampado de estrelas, com a boca ainda cheia do cabelo escuro e comprido dela.

Numa folha do bloco de papéis de carta de Edward Gorey, você escreve que cometeu um erro terrível. Não sabe no que estava pensando. Talvez tenha um problema com bebida ou talvez seja uma questão de autoestima — de qualquer forma, espera que ela entenda. É um bilhete decente, mas parece pouco. Então, você deixa para ela uma cópia autografada de *Devaneios Novembrais* (título provisório), assinando às pressas: "Para minha maior fã".

Só quando está dirigindo para casa, ainda bêbado, sob a cor de água suja da madrugada, é que percebe que foi uma péssima escolha de palavras. Devia ter escrito "Para minha fã número um".

Mas agora já era.

Certas Pessoas estão esperando na porta, batendo com a ponta fina da bota de bruxa no chão, os dedos tamborilando nos quadris estreitos e pálidos, encarando você por debaixo das camadas de cabelo vermelho. Ela dá uma olhada no pelo de gato grudado na sua roupa, sente o cheiro de Bananarama e pele vindo de você, e sabe imediatamente onde você esteve e o que fez.

— Patético — ela diz. — Nojento. Com ela? Aquela *criança*? Quantos anos ela tem, dezessete?

"Criança?"

Ela fecha os olhos, balança a cabeça e suspira como sempre faz quando você tira o violão do seu amado estojo cheio de adesivos.

— Eu não acredito nisso — diz, por fim. — Sério, eu não acredito.

E se sua boca não estivesse seca como algodão, se sua garganta não estivesse em carne viva depois do vinho da garota gorda, você diria: "Nem eu. Nem eu".

Já faz uma semana, e a garota gorda ainda não atende às suas ligações. Sozinho no seu porão, você deixa uma mensagem atrás da outra — principalmente quando está bêbado, mas às vezes sóbrio também — esperando que ela ligue de volta. Não acredita que ela não vá retornar suas chamadas. Só pode ser um engano. Só quando vê a luz da janela da frente da casa dela se apagar, enquanto faz a curva meio trôpego na direção da entrada, é que percebe: não, não é um engano.

Três semanas depois, você faz sua primeira visita *não bêbado* à garota gorda. Não sabe exatamente por quê. Só sabe que precisa vê-la.

É a primeira vez que vai lá sóbrio — ou de dia —, e a casa parece diferente. Menor. Sem balançar. Com menos enfeites letais de jardim.

De pé no tapete da entrada, você dá uma batidinha de leve na porta. Depois bate e bate de novo, até o arranjo de galhos de bétula cair no chão — e mesmo assim ninguém atende. Porém você não desiste. Afinal, ela nunca desistiu de você. Então, dá a volta até os fundos, como ela sempre pedia pra você fazer. É aí que escuta uns acordes mal tocados saindo da janela aberta. Sente o cheiro de nag champa queimando, de pão de Bananarama saindo do forno. Você se abaixa entre os canteiros de hortênsia e espia pela janela meio aberta.

Ela está deitada e parece estar vestindo um uniforme. Jesus. Um uniforme do ensino médio. E, deitado ao lado dela, tem um cara alto, magrelo, de cabelo comprido. Parece mais velho que você. Mais fuleiro. Menos bem-sucedido. Ele está estirado no meio das almofadas indianas — *suas* almofadas indianas — de pernas cruzadas, destruindo as cordas de um violão. A garota gorda está de olhos fechados, com as mãos entrelaçadas sobre a barriga vasta, parecendo uma morta. O cabelo se abre como um leque ao redor dela. Ela está balançando de leve a cabeça. Aquele gesto lento e solene de quem está ouvindo *de verdade*.

— Uau — ela diz, ainda de olhos fechados. — Isso é tão épico, Samuel.

— Mesmo?

Ela acena devagar, ainda sem abrir os olhos.

— Ah, sim. É tão... qual é a palavra que tô procurando?

O cara olha para a garota gorda como se ela fosse uma sacerdotisa do templo de Delfos.

— Sei lá... cru? Ou...?

— Etéreo — ela responde por fim. — Incandescente.

— Nossa. Sério? Você acha?

— *Eu sei.*

— Irado. Eu não sei o que faria sem o seu apoio, Eleanor.

— Elizabeth, mas a maioria das pessoas me chama de Lizzie.

— Ah, certo. Bem, você me *entende*.

A garota gorda, *sua* garota gorda, está corando.

— Ai, magina, sempre que você precisar, sério...

Você observa o desgraçado enfiar um pedaço de Bananarama na boca. Nem usou guardanapo.

— Quer ouvir um poema que escrevi? — ela pergunta. — Acho que combina bem com a sua música.

Você a vê se inclinar na direção do diário das fadas celtas, que está no braço do sofá, à espera.

— Manda ver, mas que tal se eu tocasse umas músicas novas em que estou trabalhando antes?

— Claro — ela diz. Reclinando-se, fecha os olhos de novo.

E o cara recomeça a tocar. Aquelas notas ruins e quebradas, que vão ecoar na sua cabeça por muito tempo depois de você tropeçar para trás das flores da mãe dela e encontrar o caminho de volta para casa.

3

De corpo inteiro

Estamos matando a aula de Sociologia porque quero que a China me ensine a esfumar a maquiagem dos olhos. Era para estarmos sentadas na diagonal uma da outra, observando as manchas de suor crescerem sob as axilas do professor Batstone enquanto ele explica "A diferença entre caridade e mudança de base". Em vez disso, estamos na última cabine do banheiro das maconheiras. Estou sentada na tampa de um vaso quebrado, e a China afastou minha cortina de cabelo do rosto. Meus olhos estão fechados, minha cabeça voltada para cima na direção dela, como se fosse o sol, enquanto ela esfrega nas minhas pálpebras cerradas — apertadas e trêmulas como as de uma criança fazendo um pedido — sua mistura de ágata, ardósia e osso. O banheiro fede a cigarro e maconha, e minhas costas estão pressionadas contra o botão gelado da descarga. E a China está ali, curvada sobre mim, cheirando ao almíscar encontrado em uma loja Wicca da Queen West que já nem existe mais.

— Relaxa as pálpebras, Lizzie — pede ela. Só que é difícil, porque, né, é a China. E o fato de ela estar praticamente montada em cima de mim no vaso sanitário, me ensinando a esfumar os olhos, é meio que um evento cósmico. Dois minutos atrás, eu estava parada do lado de fora da sala de Batstone, olhando para ela como se estivéssemos em continentes opostos, apesar de estarmos saindo mais ultimamente. "Como você faz esse olho?", perguntei, quase sem perceber que havia dito aquilo em voz alta, até que ela ergueu os olhos pra mim e disse: "Vem, eu te mostro".

— E aí, melhorou? — pergunto, tentando mandar um recado mental para as minhas pálpebras: "relaxa, porra, só relaxa. Ela tá te dando isso, o segredo dela para um esfumado perfeito".

— É... na verdade não. — Ela puxa um cantil (gravado com a frase *Beba-me*) de dentro do bolso do casaco ao estilo Matrix e me entrega. Eu bebo o que quer que seja aquilo, e, seja lá o que for, arde. Ela afasta o pincel e espera até que eu pare de tossir.

— Agora olha pra cima — pede.

Eu encaro as rachaduras no teto e as manchas escuras de infiltração, enquanto ela começa a cutucar minha linha dos cílios. Sinto minhas pálpebras tremendo sob cada pincelada e fico preocupada que ela vá se irritar comigo. Em vez disso, China volta a falar sobre esse maluco que está obcecado por ela. O nome dele é Warren, mas nós o chamamos de Alaska, porque a China gosta de dar nomes de estados aos caras que a perseguem.

— Ele ainda tá surtando?

— Pra caralho — diz ela, cutucando minhas pálpebras com um pincel de cerdas ásperas.

— Surtando como? — pergunto, e meus olhos lacrimejam com o esforço para relaxar.

Eu sempre quero saber como. Teve Utah, que escrevia "China" no vidro embaçado do Honda do pai dela toda vez que chovia. New Hampshire, que, quando descobriu que ela tinha "lobo da estepe" tatuado nas costas, sentou no jardim dela por um dia inteiro lendo Hesse em alemão. A China disse que, quando percebeu, ele já estava tremendo de frio e com uma queimadura na orelha esquerda. O meu preferido, porém, era Maine, um artista forense que desenhava cadáveres e vivia dizendo que ela era a mulher perfeita. China dizia que não era, não *mesmo*, mas ele insistia que sim. Até que ela falou: "Tá bom, já que você é artista forense, me desenha então, mas coloca todos os defeitos. Seja *preciso*". Ele desenhou. E, quando terminou, teve uma ereção por quatro horas seguidas — porque, pelo visto, ela era mesmo a mulher perfeita.

Mas dessa vez, quando pergunto "Surtando como?", a única coisa que China responde é:

— Sabe quando começam a ficar olhando enquanto você dorme? Então, esse é o começo do fim.

Eu balanço a cabeça como se soubesse exatamente do que ela está falando. Como se já tivesse passado por isso mil vezes.

— Não se mexe, você tá estragando tudo — ela reclama, e eu paro de me mexer. Fico completamente imóvel.

— Isso é coisa de psicopata — digo baixinho.

— É, eu terminei com ele — ela diz, pressionando um lápis de olho no canto interno dos meus olhos, um de cada vez, como se estivesse me ungindo.

China está sempre terminando com alguém. E é aí que eles surtam de vez. Essa é a parte que eu mais gosto. Foi assim com Vermont. Da última vez que ela o largou, ele queimou todas as fotos dela e deixou as cinzas numa caixa de sapato na porta de entrada da casa, mas não queimou as fotos *inteiras*, China contou. Só o rosto dela. O rosto dela em todas as fotos. Incinerado. "Uau", eu falei, "Isso é meio... bonito." E ela respondeu, "Bonito? Que tal insano?". E eu disse, "É, isso aí também."

— O que ele fez quando você terminou com ele?

— Chorou — ela responde. — Mas o incrível foi o *tanto*. Foi intenso de assistir, sabe?

Eu começo a assentir com a cabeça, mas me seguro a tempo.

— Deve ter sido bem intenso — digo.

Penso em como ontem à noite Blake chorou por termos encontrado um ao outro no bate-papo do AOL. Ele chora quase todas as noites ao falar sobre isso. E também pela beleza da minha mente-corpo-espírito, que, mesmo sem eu ter mandado uma foto de corpo inteiro, ele jura que consegue ver claramente com o terceiro olho dele. É óbvio que não o vejo chorando, mas posso ouvi-lo pela estática do microfone.

— Eu tô falando com um cara da internet — digo agora para China. — Tá sendo bem intenso também.

— Fica parada — ela fala.

— Ele quer uma foto minha de corpo inteiro. Ele pede toda noite. Tipo, sempre que a gente conversa. E eu não sei o que dizer.

Vejo ela pegar um delineador líquido da nécessaire estampada de pin-ups. Esse delineador é inacreditável. É mais preto que um buraco negro. Nenhum preto é preto o suficiente para China, exceto esse que ela compra na Target, mas que eu nunca encontrei para vender. Sinto o traço frio e cortante na minha linha d'água. Pinceladas curtas e afiadas, como facadas minúsculas, me fazem piscar a cada passada.

— Pedir uma foto de corpo inteiro não é nada demais — ela diz.

— É... Mas eu nunca falei pra ele sobre essa minha questão, sabe?

— Fica quieta.

— Tipo, sobre meu peso ou sei lá — acrescento, e a palavra "peso" sai rolando da minha boca como uma pedra.

— Ai, cala essa boca — ela diz.

Me mexo sobre o vaso quebrado, e percebo a tampa colada debaixo de mim, a carniça daquele banheiro, e que ainda continuo piscando, mesmo sem motivo. Ao abrir um dos olhos, vejo que China já se afastou e está se olhando no espelho rachado.

— Já acabou? — pergunto.

— Aham.

— E como ficou? Ficou bom?

— Vai ver — ela diz, apontando para o espelho ao lado.

Mas eu não quero ver. Quero me agarrar à ideia de que estou parecida com China. A gente começou a andar juntas há pouco tempo, mas ela sempre diz que me vê como uma irmã. E eu sempre digo que algumas pessoas acham que a gente se parece. "Quem?", ela pergunta. Penso na mulher que pegou nossos ingressos na exposição do Andy Warhol. Na moça do guarda-volumes da boate Death, que já não trabalha mais lá. Na garçonete do salão de chá onde vamos às vezes quando queremos matar aula de Literatura ou Sociologia. A garçonete sempre nos pergunta se somos irmãs, e China sempre responde: "Não. Não somos. De jeito nenhum". Depois ela olha para mim e diz: "Você não precisa de mim para ser linda. Você já é bonita sozinha". E sempre sorrio quando ela diz isso, embora sinta que ela me deixou numa ilha deserta e levou o único barco embora. Quero dizer que não quero ser bonita sozinha, *não quero*, mas não digo nada. Às vezes só mando um: "valeu".

Encaro China do vaso onde ainda estou sentada.

— Ficou ruim?

— Ah, *pelamordedeus*, toma — ela diz, me entregando um porta-batom de seda vermelha com dragões bordados.

Olho para o único olho que consigo enxergar no espelho retangular borrado.

— Meu Deus — sussurro.

— O quê?

— Ficou incrível.

— Ah, que bom — ela responde, usando a ponta do dedo indicador para passar melhor o batom. — Na real tá bem cagado… você não parava de se mexer.

Movo o espelho para ver o outro olho. Depois volto para o primeiro.

— Não tô acreditando. — Olho para ela. — Muito obrigada. Sério mesmo.

Ela dá de ombros e joga o kit de volta na bolsa preta rabiscada de caveirinhas de corretivo.

— Nada de mais — diz. — Sério mesmo, é só uma maquiagem.

Agora estamos deitadas no meu quarto porque, depois do olho esfumado e do *Beba-me*, a gente não estava muito a fim de assistir à aula de Inglês. Ficamos olhando para o meu pôster da Bettie Page, aquele em que ela está toda amarrada numa cadeira, de saltos super-hiper-mega altos. Penso nos meus olhos e no fato de estar usando uma meia-calça como blusa. China me ensinou esse truque. É só rasgar um buraco no meio da meia, enfiar a cabeça ali e passar os braços no lugar das pernas. Dá para fazer com qualquer meia-calça, mas é melhor com a meia arrastão porque é só enfiar os dedos no meio da redinha e rasgar com facilidade.

Com os olhos esfumados e a blusa apertada de meia arrastão, preciso admitir que estou quase me sentindo uma grande gostosa.

Viro para ela, deitada ao meu lado na cama.

— E aí, como ficou?

— Gostosa — ela responde, examinando as cutículas. — Vai lá ver.

— Vou esperar — digo. — Mais tarde eu olho. Não fiquei muito gorda, né?

— Para com isso — China diz, com um tom genuinamente irritado.

Diz que daria tudo para ter meu cabelo, esse cabelão que eu tenho, que continua supercheiroso apesar de eu ser fumante. E meus tornozelos. "Olha só esses tornozelos." Ela diz que os arrancaria.

"Meu cabelo e meus tornozelos. Sem pensar duas vezes. É só me dar uma faca." O cabelo da China é tipo o da Annie Lennox. Quando cortou igual ao do Joey Ramone, a gente ainda não se falava. Nunca fomos amigas quando estudávamos no Holy Trinity, mas eu a via pelos corredores, antes de ela abandonar a escola. Ela e seus brincos de aranha enroscados nas orelhas. Mel dizia que ela era *poser*, que não gostava de verdade da música, só gostava do estilo. Alta, magra de doer, e branca como a morte. Daquele tipo de garota que parece saída de um clipe; como se sua função na vida fosse caminhar por uma estrada de terra, onde o céu é nublado e a terra é cinza, e não há nada em muitos quilômetros, exceto ela, vindo na sua direção, de vestidinho rasgado, batom escuro, um sorriso enviesado, e as mãos abertas como Jesus Cristo. Só viramos amigas depois que saí de Holy Trinity e fui para uma outra escola. Trocamos olhares pela primeira vez na aula de Literatura, que é ministrada por um cara idêntico ao Eraserhead, e que deixa a gente fazer o projeto literário que quisermos: tipo ler Herman Hesse e pronto.

— Você acha que o Batstone tá puto porque a gente faltou? — pergunto.

— Ele nem liga. Além disso, quase não mato mais aula. Preciso terminar essa droga e cair fora.

E precisa mesmo. Como China estava dois anos à minha frente no Holy Trinity, ela deve ter tipo uns vinte anos já.

— É só não faltar semana que vem — ela diz.

Temos uma apresentação sobre o Haiti.

— Não vai me ferrar semana que vem, hein? — ela insiste.

— Não vou. — É verdade, eu falto bastante. Tem dias que simplesmente não consigo sair do quarto, encarar o mundo, ser vista.

Ela puxa o maço de cigarros da minha bolsa. Diz que não está com pressa de ir embora porque está fugindo do Montana. Me pede para ensinar meu truque de acender o fósforo com uma mão só.

É fácil — é só dobrar o palito na lateral da caixinha e pressionar o dedão na lixa, e fico feliz de saber que ela quer aprender algo comigo.

Então China pergunta:

— Me fala mais desse cara da internet, como é o nome dele mesmo?

Falo um pouco sobre Blake. Como o conheci no AOL semanas atrás. Que o nick dele é "O Dançarino Cósmico", uma referência a Shiva, a divindade hindu. Não conto que tem 47 anos e é tetraplégico, mas digo que mora perto de Los Angeles e curte gótico/industrial/*dark wave* e os filmes do David Lynch e do Lars von Trier. Digo que conversamos sobre em que filme gostaríamos de viver (eu em *A última tempestade* ou *Exótica*; ele em *Nu* ou *Estrada para lugar nenhum*), qual seria a trilha sonora da nossa vida, e como seria morar no Vietnã da Marguerite Duras. Não conto que ultimamente temos falado cada vez mais sobre como vou ser o milagre que vai fazer com que volte a ter uma ereção. Ou como ele fica chapado e me descreve os sonhos vívidos elaboradíssimos que tem da gente trepando na Índia. Nos quais só de me ver de sari — às vezes basta apenas um colar de ossos e dentes — fica tão excitado que levanta da cadeira de rodas e vem até mim. E, em seguida, transamos num altar coberto de flores, com um monte de mulherzinhas indianas assistindo. Conto de novo que ele tem pedido uma foto de corpo inteiro e que continuo enrolando o máximo possível. Mas sei, por experiência própria, que não dá para fazer isso para sempre. É só uma questão de tempo.

— Ele é gato? — China pergunta.

Penso nas fotos que ele me mandou outro dia. Uma de antes do acidente e uma de depois. Olhei-as uma só vez e depois nunca mais.

— Ele parece um pouco o Morrissey, acho. — Não é uma comparação tão absurda. O Morrissey também está ficando meio careca.

— Bom, o Morrissey não tá lá essas coisas ultimamente — ela comenta. — E aí, vai mandar uma foto pra ele?

— Tô decidindo ainda — respondo.

Mostro as fotos que tirei até agora. Uma que o namorado da minha mãe tirou de mim na floresta, encostada num carvalho morto, olhando melancolicamente para a esquerda. Outra que eu mesma tirei na banheira, cheia de pétalas estrategicamente espalhadas. Algumas que a Mel tirou na sala de casa, embaixo do pôster dos *Nenúfares* do Monet da minha mãe — minha parte de cima eclipsada pelo gato dela no braço do sofá, a parte de baixo artisticamente camuflada com almofadas indianas. "Não entendo qual é o problema com essas fotos", Mel disse depois, "Você tá linda em todas elas."

China olha cada uma das fotos, franzindo a testa.

— Você tá meio borrada nessas fotos. E parece meio brava.

— Mas tô muito gorda?

— Tá muito brava.

— Tipo como?

— Tipo, puta. Puta da vida. — Ela passa as fotos de novo. — E, nessa aqui, você parece assustada.

China larga as fotos e se joga de costas na cama.

— Meu pai tem uma câmera boa — diz.

— Jura?

Eu me viro para olhar para ela — olhos, nariz, lábios, queixo, tudo tão afiado, os ossos dela organizados num origami elegante sobre a minha cama. E se ela tirasse a foto? Maquiasse meus olhos. Me ajudasse a escolher a roupa. China curte arte, ela deve entender de ângulos. Sinto uma pontinha de esperança.

Ela encara o teto.

— Acho que a gente nem precisaria de flash.

"A gente." Meu coração dá um salto.

— Não precisaria de flash?

— Você é o quê, um eco?

— Foi mal. É que tô muito nervosa com isso.

Ela franze a testa.

— Por quê?

— Ainda não contei tudo sobre mim.

Ela pega as fotos de novo, passa devagar.

— Como assim, *tudo* o quê?

— Tipo... o meu peso.

Ela me encara por um tempão com a sobrancelha levantada. Depois me devolve as fotos e se joga de novo na cama.

— Tô morrendo de fome. Queria flor de abobrinha. Frita, pingando óleo. Tô obcecada por isso agora. É minha comida favorita.

— Ah — digo.

— Ou comida chinesa. Nossa, eu super comeria um chinês agora.

— Quando? — pergunto.

— Quando o quê? — ela repete.

— Quando a gente pode tirar as fotos?

— Qualquer hora — ela responde, bocejando.

"Agora", penso. Com meus olhos assim. Mas preciso escolher o lugar. A roupa.

— Que tal sábado?

— De boas — ela responde, piscando os olhos devagar.

— Tipo, uma da tarde?

— Uma — China repete, fechando os olhos de vez.

Fico olhando para ela e vejo que caiu no sono. Como não quero ser alguém que fica observando a amiga dormir, vou para a sala e fico sentada lá até que ela acorde.

Mesmo morta de curiosidade, evito espelhos a noite inteira. Estou cheirando exatamente como a China, de quem os caras queimam fotos de tanta raiva por não serem correspondidos. Estou cheia de

Beba-me e, com esses olhos esfumados, não sinto um pingo de fome. Quase me sinto como a própria China, como se pudesse dobrar e encaixar todos os meus membros em uma cadeira com elegância, e desmaiar só de sentir o cheiro de cogumelos — como ela diz que aconteceu uma vez (chamaram até uma ambulância). Vou para o meu quarto e coloco o CD que estou gravando para ela até dar a hora de falar com O Dançarino Cósmico. Aí conto sobre como fui pra aula de Literatura usando roupa de vinil. Descrevo o look em cada detalhe.

E ele diz: "Nossa, queria ver isso."

Ou: "Caramba, Bettie, aposto que todos os caras da faculdade são apaixonados por você".

"Ah, sei lá", respondo.

E ele fica tipo: "Eu sei. Toda vez que você se descreve, eu fico duro. Sério mesmo".

E, mesmo sabendo que isso é anatomicamente impossível por causa da paralisia, digo que é muito fofo da parte dele.

Ele diz que não sabe dizer se isso é fofo ou não, mas que é a pura verdade.

E aí conto que tenho essa amiga, a China, que vai tirar uma foto minha de corpo inteiro no sábado. Digo que um monte de gente fala que parecemos irmãs. Tipo sósias, doppelgängers, ou algo do tipo. Daí conto sobre a vez que ela me levou para a Death e deu um tapa no meu cigarro. E como hoje ela me arrastou para o banheiro e esfumou meus olhos, igualzinho aos das estrelas de cinema dos anos 30 e 40.

E ele diz: "Ah, Bettie, queria tanto te ver".

E eu respondo: "Ah, eu também queria que você me visse".

"Sinto que temos essa conexão, sabe...? Uma conexão profunda, muito, muito profunda."

E eu concordo. Temos mesmo.

Aí ele me diz que sou o milagre dele. Que só de me ver vai conseguir andar de novo, vai ter uma ereção tão intensa que vai gozar nas calças, e deixo ele falar, e falar, e falar, e descrever como vamos transar no rio Ganges, que, segundo ele, é um lugar sagrado de transformação, enquanto todo o panteão hindu assiste. Então encaro o teto escuro acima da minha cabeça e solto anéis de fumaça na direção onde sei que Bettie Page está, amarrada na cadeira, toda embrulhada em vinil. Lembro que meus olhos estão esfumados. Penso em China no quarto dela, cercada pelos dragões que disse ter pintado nas paredes, sendo observada por garotos gotejantes como fontes zen.

"Não dá pra me mandar uma foto agora?", ele pergunta.

Estou prestes a dizer que estou muito cansada, quando a porta do meu quarto se abre.

— Elizabeth, com quem você tá falando?

Fico parada, encarando a silhueta da minha mãe de roupão na porta.

— Com ninguém — respondo, encerrando a conversa.

— Não é um daqueles caras da internet, né?

Não respondo. Só encaro aquele cabelo de Liz Taylor, todo desgrenhado como quem acabou de transar, e o corpo grande, coberto de seda preta e exalando Fendi, um perfume caro que minha mãe não pode pagar, mas compra assim mesmo. Aliás, tem um monte de coisa que não podemos pagar e ela compra do mesmo jeito: pinturas abstratas, máscaras africanas que nem são máscaras de verdade...

— Com quem você tava falando? — ela insiste.

— Rosemary — minto.

— Rosemary — ela repete.

Apesar de ter se encontrado com ela só uma vez, quando foi me buscar na escola, minha mãe gosta da China — a quem chama pelo nome verdadeiro, Rosemary. Por outro lado, ela acha a Mel uma péssima influência, a quem culpa pelo que chama de minha "descida ladeira abaixo". Rosemary, por outro lado, tem estilo.

Ela acende a luz do meu quarto. Fecho os olhos e os cubro com as mãos, esperando que volte para o namorado — sei que ele está esperando no quarto dela —, mas minha mãe continua parada ali. Ela cruza os braços.

— Como foi a escola?

— Foi de boas — respondo, abaixando a mão.

— Você *foi*?

— *Fui*.

Ela me encara, e eu a encaro de volta, sem piscar. O namorado dela já tirou fotos minhas antes. Para mandar pro cara com quem eu falava antes desse. Em preto e branco. Close-ups. No meio das árvores. No meu quarto. Em parques. Nunca cheguei a mandar essas fotos e nunca olho para elas. "Volta pro quarto", ordeno com a minha mente, mas minha mãe continua parada ali.

— Essa "escola" é sua última chance, Elizabeth. Você sabe disso, né?

Agora ela olha para o lado. Não tem problema que tenha aceitado ele de volta depois das fotos. Acho que ela não sabe de toda a história. Além disso, ela é muito sozinha. Eu posso ver o quanto. Sei que não teve ninguém desde que meu pai foi embora, quando eu tinha cinco anos. Que é uma mulher gorda, de meia-idade, com problema no coração... então que opções ela tem, de verdade? Quantos homens pode escolher? Ela nunca precisou me dizer nada, mas sei que ela sabe que eu sei. O problema é que achei que tínhamos um acordo tácito: já que eu sei tudo e nunca falo nada, ela não deveria se meter na minha vida.

— Eu sei que você anda deprimida — ela diz, olhando para o pôster da Audrey Hepburn que ela mesma pregou na minha parede e que cobri com adesivos de zumbi. — Mas eu tô preocupada. Você não tá se ajudando nem um pouco. Olha pra você. Parece até que gosta de sofrer.

Quando me pega olhando para a barriga dela, ela cruza os braços sobre o roupão de seda preta.

Cruzo os meus também e, ignorando minhas coxas, fixo os olhos na colcha debaixo de mim. Nunca olho meu corpo, se puder evitar. Sei que ele está maior, eu sinto, mas não subo numa balança nem me vejo de corpo inteiro no espelho há meses.

— Não gosto — murmuro.

— O quê?

— Eu disse que *não* gosto de sofrer.

— Que coisa é essa no seu olho?

— É só maquiagem.

Minha mãe me encara por um tempão antes de apagar a luz.

— Parece que você levou um soco.

Finalmente chega sábado, mas China está atrasada. Não me preocupo. Já fiz a maior parte do trabalho — selecionei vários lugares, separei umas opções de roupa na cama. Imagino que ela vá me ajudar a escolher. Depois que ela me ajudar a decidir o que vestir e esfumar meus olhos, vai dar tudo certo. China vai saber o que fazer, tenho certeza. Ela aparece por volta das sete, de regata, saia escocesa e uma coleira de cachorro cheia de spikes combinando com o cabelo espetado. Tem um rolo de fita isolante na mão.

Fico eufórica quando vejo a fita. Ela está levando isso super a sério.

— Você trouxe até fita!

Ela olha para o rolo como se tivesse esquecido que o estava segurando.

— Ah, é. Isso é pra mim. Vou na Death mais tarde e preciso tapar meus mamilos porque o vestido que escolhi fica saindo do lugar enquanto eu danço. E você sabe que eu danço horrores.

Ela dança horrores mesmo. É bem louco, na verdade. China só fecha os olhos e fica girando embaixo do globo espelhado, as pessoas têm até que sair da frente.

— Ah, sim, claro — digo, desapontada. — Fita é mesmo uma ótima ideia.

— Então, tá pronta? — Ela levanta a câmera como se fosse começar a fotografar agora mesmo.

— Pronta? — repito, pensando, "E meus olhos? E a roupa? E a luz?". No entanto, só digo: — Ainda não. Nem decidi direito o que vou vestir.

Ela me olha, analisando minha saia longa de veludo preta e minha camiseta preta. O olhar dela diz "ué, mas você já tá vestida".

— Isso aqui? Não, não. — Aponto para a minha cama, onde espalhei várias roupas e sapatos combinando. — Queria saber sua opinião primeiro.

Ela as analisa por um momento. A maioria delas é composta de blusas pretas e largas e saias pretas e longas.

— A minha *opinião*?

— A que você mais gosta.

Ela passa os olhos rapidamente pelas roupas, depois dá de ombros.

— Sei lá, o que você achar melhor.

China se senta bem de leve na minha cama, como se estivesse pronta para levantar a qualquer momento. Começa a cutucar a franja de uma das almofadas da minha mãe que peguei do sofá, achando que podia servir de acessório fotográfico. Queria que ela olhasse para mim.

— Se quiser — sugiro —, a gente pode dar um tempinho... quer pedir comida chinesa?

Ela continua mexendo na almofada.

— Prefiro começar logo. Eu trouxe isso também — diz, tirando uma paleta de sombras do bolso do casaco militar.

Fico emocionada com a gentileza. Estou prestes a gritar, "Uhul! Obrigada!", mas ela olha bem para o meu rosto.

— Peraí. Você ainda tá usando a maquiagem que eu passei no seu olho tipo... uma semana atrás?

— Não — minto, embora esteja. — Fui eu que fiz. Tava só testando antes de você chegar.

— Ah, tá — ela diz. — Bom, tá legal assim. Deixa desse jeito mesmo. A menos que queira que eu retoque?

Por algum motivo, agora sinto que isso seria pedir demais.

— Ah, não, de boas. Se você acha que tá bom assim...

Ela pisca, me encarando. Percebo que está esperando que eu me arrume. Vou trocar de roupa sozinha, sem a ajuda dela, sem a opinião dela. Parece que tudo está afundando.

— Então, onde você acha que eu devo ficar? — pergunto, depois de me vestir.

— Tanto faz.

— Que tal aqui? — Aponto para um espaço entre minhas estantes de livros e minha torre de CDs, debaixo da minha reprodução de *O grito*.

China dá um aceno mínimo com a cabeça. Me ajeito na cadeira e estico o pescoço para frente o máximo que posso, deixando o cabelo cair no rosto.

— Como eu tô? — pergunto, sem mexer os lábios.

— Tipo o Primo Itt de luto. Melhor tirar o cabelo da cara. E sorrir.

Não posso dizer que não quero deixar minhas bochechas maiores do que já são. Ela não entenderia. Além disso, com a câmera apontada para mim, meu rosto endurece automaticamente. Fica paralisado. Forço um sorriso de canto.

— E agora?

Ela abaixa a câmera e olha para a vela aromática de romã que acendi e coloquei sobre a mesa de cabeceira.

— Acho que vamos precisar de mais luz.

— E se eu me inclinar mais pra cá? — Estico o pescoço na direção da chama.

— É, não vai rolar.

— Pensei que seu pai tinha uma câmera especial. Daquelas que enxergam no escuro.

— Isso nem existe, Lizzie.

Ela mexe num botão na câmera e começa a clicar de novo. Dessa vez, o flash se acende e me cega. Dou um pulo.

— Pensei que você tinha dito que não ia precisar de flash — digo.

Mas China só continua clicando e clicando.

— O quê?

— Eu perguntei como eu tô.

— Tá com cara de que acabou de descobrir que eu matei o seu hamster. Vê se relaxa um pouco.

China continua me fotografando. Clicando e clicando. Rápido demais. Quero pedir para ir mais devagar. Me dizer como está ficando. Me dar tempo de trocar de roupa, mudar a iluminação, a posição. Gostaria de testar ângulos diferentes.

Meu telefone da Mulher-Maravilha começa a tocar sem parar.

— É ele? — ela pergunta, apontando com o queixo para o telefone.

— É — respondo pelo canto da boca.

— Pode atender, se quiser.

— Não, tá de boa. — Não quero que ela escute nossa conversa. E também tenho medo de que, se ela parar agora, não tire mais nenhuma foto.

— Pode atender — ela insiste. — Eu tô precisando de uma pausa.

China larga a câmera e pega meu maço de cigarros.

Na mesma hora em que atendo o telefone e digo oi, percebo como minha voz muda. Viro a ninfa ultrassensual que viajaria com ele pelos confins de Calcutá. Aquela que é só tendão e ossos adornados por pulseiras. Ouço meu tom sonhador, um jeitinho ofegante de falar que não consigo conter. Viro de costas para China.

"Tá tirando as fotos?", ele pergunta.

Olho para China. Ela está no meu computador, navegando na internet e fumando.

"Tô."

"Ah, beleza. Não queria atrapalhar. É que eu tô doido pra te ver. Sério, tô ficando duro só de pensar, juro. Tô literalmente gozando nas calças agora."

"Que bom", sussurro.

"O quê? Por que você tá falando tão baixo?"

"Por nada. Só disse 'Que bom.'"

"Você sempre diz a mesma coisa! E eu sempre falo que não é bom. Não tem nada de bom nisso."

"Preciso ir."

"Espera! Quando você vai me mandar as fotos?"

"Mais tarde. Tipo, hoje à noite, eu acho."

Desligo e me viro. China ainda está no meu computador. Achou uma das fotos que Blake me enviou escondida na minha gaveta.

— *Esse* é ele?

Nós duas encaramos a foto em preto e branco dele sentado em uma cadeira de rodas. É o retrato que ainda manda para os diretores de cinema e para a TV. Ele teve que largar o trabalho como ator de novelas depois do acidente, mas às vezes ainda consegue uns papéis como figurante, ou uma ou outra fala em algum filme. Ainda que dê para ver as manoplas da cadeira de rodas por cima dos ombros cobertos pela jaqueta de couro, a foto é um close dramático do rosto dele, posado como se estivesse em uma novela e olhasse para a câmera durante uma reviravolta na trama antes de entrarem os comerciais. Mas é a outra foto, a que China pega agora, que eu não suporto olhar. A de antes do acidente. Antes da noite em que ficou superchapado de cocaína, subiu num coqueiro de doze metros e pulou de lá. Nessa foto, ele está de pé, sorridente e pelado, embaixo de uma cachoeira em algum lugar da América do Sul. Só de Reebok nos pés, ele parece poucos anos mais velho do que sou agora. Porém não sei por que essa foto me deixa tão sem graça. Se é pelo penteado anos 80, por causa dos tênis, ou pela forma como se sente confortável na própria pele — algo que eu nunca soube o que é. Ele está tão à vontade que chega a parecer arrogante. É estranho saber que existiu um momento na vida desse cara em que ele se sentia tão bem consigo mesmo a ponto de se expor completamente, em plena luz do dia, sorrindo tão largamente, que, sem dúvida nenhuma, estava gargalhando naquele momento. E somando a isso o fato de ter decidido me enviar justamente esta foto. Prefiro mil vezes a da cadeira de rodas. É só o rosto dele, tentando parecer cinematográfico, embora, no fundo, pareça só quebrado e vazio. Ainda tem um certo orgulho na forma como ele inclina o queixo e os ombros, algo que não sei processar. Algo estranho para mim. Quando ele me mandou as fotos, eu não soube o que responder. No fim, só disse: "Gosto dos seus olhos".

China encara a foto por tanto tempo que sinto vontade de arrancá-la dela. Quero me explicar. Lembrá-la que ele é fã de Lynch. Que se parece com o Morrissey. Que já foi um ator de novela bem famoso nos anos 80. Que já transou com a Raquel Welch.

Por fim, ela ergue os olhos para mim.

— Acho que eu topo aquela comida chinesa agora.

— Ah — digo. — A gente já terminou?

— Por enquanto — ela suspira, como se eu tivesse drenado toda a energia dela.

Quando a comida chega, fico observando enquanto ela demora uma eternidade para abrir os pacotinhos de molho. Passa mais tempo fazendo isso do que comendo.

— Depois disso, a gente podia tentar umas coisas diferentes — sugiro.

— Tipo o quê?

— Tipo uns ângulos diferentes. E uns lugares novos. E talvez, sei lá, com a luz acesa.

— Não sei não, Lizzie — ela diz.

— O quê?

— Esse rolê todo. Parece meio estranho.

— E o cara que era obcecado por você? Vermont? Que queimou suas fotos. Ele não era estranho?

— Acho que não tem nem comparação.

— É, também acho. O meu pelo menos mora longe.

— Além disso, ele tem o quê, sessenta anos?

— Quarenta e sete.

— E é paraplégico?

— Tetraplégico.

— E você vai *mesmo* encontrar esse cara algum dia? Vai pegar um avião até, sei lá, o cu de Judas onde ele mora? E como ele vai te buscar no aeroporto? Você quer *mesmo* dar pra esse cara? Ele ao menos *consegue* te comer?

— Eu...

— É que eu simplesmente não vejo isso funcionando *na vida real*, sabe? Ele é velho pra cacete. E esquisito. E tem aquele cabelinho ridículo da época que passava *Baywatch*. Essa coisa das fotos... — Ela balança a cabeça para o rolinho primavera. — Na boa, amiga... honestamente? É o menor dos seus problemas.

A gente belisca a comida em meio a um silêncio constrangedor.

— Melhor eu dar o fora. Vou encontrar um cara, o Andrew. É um amigo aí. Você já tem o que precisa, né? Aqui. — Ela me entrega a câmera do pai. — Fica com ela e revela as fotos. Só lembra de me devolver depois. Segunda você vai na aula, né?

— Vou.

— A gente tem aquela apresentação.

— Eu sei.

China vai ao banheiro colar fita isolante nos mamilos e, enquanto isso, eu olho as fotos na tela da câmera. São iguais ou até piores do que as que eu tirei antes. Em quase todas, pareço assustada. Superexposta. Puta da cara. Minha maquiagem está horrível. Parece mesmo que levei um soco nos dois olhos.

Ela volta para o meu quarto com o vestido baixado até os quadris, com a parte de cima completamente nua, exceto pelos X de fita adesiva.

— Isso parece mais um X ou uma cruz?

Eu a encaro por um tempo.

— Acho que parece um sinal de mais.

— Tá, de boas — ela diz. — Pode amarrar pra mim?

Ela se vira de costas e estica para mim as alças do vestido frente única.

Amarro, olhando os caracteres asiáticos tatuados ao longo das costas dela, que supostamente significam "lobo da estepe", e penso: e se não significam nada disso? E se enganaram ela?

— Você devia ir hoje — ela diz. — Se o Alaska estiver na porta acho que consigo te colocar pra dentro.

— Melhor não — digo. — Na real, não tô me sentindo muito bem. E tenho umas coisas pra fazer depois.

Odeio o jeito como ela assente com a cabeça, como se soubesse exatamente o que eu vou fazer. Como se até conseguisse me ver ouvindo *Little Earthquakes*, da Tori Amos, no repeat enquanto devoro as sobras da comida que ela deixou.

— Beleza — China diz. — Se mudar de ideia, aparece. E não esquece de segunda-feira. Você não pode faltar, Lizzie.

— Já falei que não vou faltar.

Depois que ela sai, eu a imagino indo até o café onde Andrew irá buscá-la, andando rápido, até no gelo. Os pés são a única coisa grande nela, mas China consegue transformar até isso em charme. "Se fossem menores, eu cairia. Se fossem maiores, eu pisaria em você."

Enquanto isso, um dos stalkers malucos dela deve estar esperando no jardim da frente. Nebraska. Ou talvez Nova York. Com cara de coitado, na chuva fina e com sua cópia encharcada de *O lobo da estepe*. Ele vai esperar a noite toda. E talvez, quando ela chegar de madrugada, até deixe ele entrar — desde que ele concorde em não abrir a boca. E, claro, ele vai concordar. Concordaria com qualquer coisa só para estar perto dela. Então ela vai deitar na cama, cercada por seus dragões cuspidores de fogo, alongando e encolhendo as pernas frias enquanto conta para ele sobre sua missão. Sobre as fotos. Sobre Blake. Talvez fale do quanto tudo isso é deprimente, mas ele provavelmente nem vai ouvir. Nem vai escutar sua voz pelo simples fato de ela existir. Aquelas pernas compridas falam mais alto, são um milagre divino.

Ligo para Mel. Não temos nos falado muito ultimamente. Quando ela atende, parece distante.

— Só queria dar um oi — digo. — O que você tá fazendo?

No fundo, ouço um crescendo de cordas dramáticas e uma voz operística, que não reconheço, uivando de tristeza.

— Estudando — ela diz. Mel tinha um semestre pra terminar quando largou a escola. Agora está fazendo dois semestres de aula noturna e um intensivo no verão para se formar. — E você?

Digo que vi a China hoje, e a voz dela desce alguns graus no termômetro de frieza.

— Você tava certa sobre ela — digo.

— Eu falei! Sério, não sei o que você vê nela. Ela é...

Espero o veredito.

— ...comum. Chata. E não tem personalidade! Só copia os outros. Gosta do que as pessoas ao redor dela gostarem. Muito maria vai com as outras.

— É — respondo. Esse é um julgamento que Mel faz o tempo todo. Acho que às vezes pensa isso de mim também. — Quer vir pra cá? Tenho comida chinesa.

Ela diz que não pode. Tem prova segunda à noite e trabalha de dia, então precisa focar nos estudos. Mel trabalha meio período numa loja de donuts. Às vezes, mato aula e vou até lá, ou passo a tarde com ela. Mel se junta a mim nos intervalos e a gente come. Nunca donuts, porque concordamos que a imagem de uma garota gorda segurando um donut é triste demais. Mas comemos todo o resto. A falsa salada de caranguejo. Os pepinos em conserva. Os muffins de mirtilo. Os pãezinhos torrados com manteiga, que mergulhamos nos cafés cheios de chantilly e adoçante.

— Tem certeza que não pode, nem por um tempinho? Gravei um CD com as nossas músicas.

— Espero que não tenha gravado pra China.

— Não gravei.

— Você não pode dar as nossas músicas assim... *de bandeja*.

— Eu sei.

— Se bem que duvido que ela fosse escutar — Mel funga.

No fundo, ouço algo que parece um alaúde. Uma batida celta ganhando força. Vocais femininos se sobrepondo, até virarem um lamento de sereia.

— Tipo assim, já basta ter que encontrar ela nos rolês.

Eu entendo. A aparência de China debaixo daquelas luzes.

É algo muito difícil de digerir.

Depois de desligar o telefone, olho ao redor do quarto. As almofadas estalando de tão velhas. As blusas e saias plus size amontoadas sobre a cama. Os pôsteres antigos de divas de Hollywood que minha mãe pregou na parede anos atrás. Subo na cama. Estico a mão e começo a arrancá-los e rasgá-los: primeiro Audrey Hepburn de tiara, tomando café de óculos escuros (agora cercada por zumbis, meu toque final); depois Jayne Mansfield rindo em um suéter; então Marilyn Monroe com seu infame vestido esvoaçante; e, em seguida, Marilyn quando ainda era Norma Jean, de calça capri e camisa xadrez amarrada, exibindo a barriga negativa. Hesito quando chego em Bettie Page. Fui eu quem comprei o pôster e o colei ali, mas então fico nas pontas dos pés e o arranco também.

Ainda estou rasgando os pôsteres, com punhos cheios de papel brilhante amassado e fita adesiva, quando meu telefone da Mulher-Maravilha volta a tocar. Queria que fosse a Mel, mas eu sei que é ele. Perguntando se já enviei as fotos. Ah, ele não aguenta mais esperar. Não mesmo. Penso em dizer que tive um problema com meu computador. "Nossa, não faço ideia do que aconteceu. Deu bug."

Enquanto o telefone toca sem parar, eu me deito no chão e fecho os olhos. Faço exatamente o que estou tentando não fazer: imagino que estou me enfiando nas roupas da China, fivela por fivela, zíper por zíper, até entrar na pele dela. Até me encaixar em seus braços e pernas, ter aquelas costas longas e curvas, "lobo da estepe" tatuado na minha espinha ossuda. Até que eu seja os lábios dela, as bochechas angulosas, os olhos cobertos de fumaça cinza cintilante. Até me transformar na sobrancelha que se arqueia para mim do outro lado do quarto.

— Vem — digo para essa garota triste —, eu te mostro.

A única coisa que continua minha é o cabelo, espalhado em leque ao meu redor como o de Ofélia se afogando. No canto do quarto, há um lindo garoto de cabelo azul que deixei entrar para se proteger da chuva. Vou deixar que me observe enquanto durmo. Sou muito generosa.

Durante todo o trajeto até a escola na segunda-feira, eu me imagino dando meia-volta e deixando ela na mão. Simplesmente largando China lá sozinha, sem os DVDs com os slides, sem a trilha sonora do Peter Gabriel, sem os mapas do Haiti que íamos mostrar. Deixar que se foda lá na frente da classe sem nenhum dos materiais essenciais que estou segurando agora. Até mato tempo fumando um cigarro no banheiro das maconheiras depois do sinal, encarando no espelho meus olhos quase sem maquiagem, meus lábios vermelhos, porém escuros demais.

Na aula, deixo China fazer a maior parte da apresentação. Esse era o combinado. Eu faria os slides, ela falaria. Então a deixo discursar sobre "A diferença entre caridade e mudança de base", e que se empolgue ao explicar sobre uma organização do Haiti — não se lembra qual, mas não é uma organização de base. E o que eles fizeram foi simplesmente abrir um poço no meio da cidade. Só largaram ele lá, sem nem conferir se tinha uma fonte de água embaixo. Ou será que era uma bomba d'água?

— Acho que era uma bomba — ela diz.

Percebo que China não tem ideia do que está falando.

— Era um poço ou uma bomba? — ela me pergunta, me olhando como se eu soubesse, embora aquela parte do trabalho fosse responsabilidade dela.

Hoje, tem os olhos perfeitamente maquiados, esfumados em camadas, algo que leva tempo e habilidade. Quanto à minha própria maquiagem, bom, só restou um rastro de pó cinza no côncavo dos olhos. Ao me olhar no espelho mais cedo, encontrei a garota que eu era antes de ela me arrastar para a última cabine do banheiro e me sentar na tampa do vaso encapada de fita adesiva.

— Era um poço ou uma bomba? — ela insiste.

Todos os olhos que estavam nela agora estão em mim, esperando. Deixo a pergunta pairar no ar daquela sala feia. Deixo China se virar sozinha por um momento, e só então abro a boca.

4

É SÓ ISSO MESMO

UMA NOITE NO TRABALHO, num turno especialmente morto, Archibald, meu colega, diz, como quem não quer nada, que já faz um tempo que se imagina fazendo umas coisas comigo, e quando eu pergunto "Tipo o quê?", ele me entrega um pedacinho de papel com a palavra *cunnilingus* escrita em vermelho.

Fico encarando aquelas letras tortas. Em minúscula. O *cunni* escrito de um jeito estranhamente reto, o *lingus* curvado para baixo, parecendo um rabinho. Todas as letras muito separadas umas das outras, como se fossem siglas ou acrônimos de outras palavras.

Olho para Archibald, sentado ao meu lado numa cadeira giratória. O rosto dele, que já passou dos trinta, está avermelhado pelo uísque vagabundo que sempre guarda num copo gigante de café debaixo do balcão. Ele me olha como se eu não tivesse o dobro do tamanho dele e não estivesse usando uma camiseta cor de bosta que diz MÚSICA! LIVROS! VÍDEOS! E, por cima dela, um avental azul berrando TEMOS DE TUDO!!!. Ele me olha como se eu estivesse vestindo o que a Mel usa nas noites fetichistas do Savage Garden — que se resume basicamente a uns pedacinhos estratégicos de renda preta.

Digo a mim mesma: "Você deve rir. É óbvio que isso é uma piada". Porém quando solto uma risada curta, tipo uma tosse, Archibald não ri junto.

— Sou bom nisso, Lizzie — ele diz. — Muito bom. Aliás, toco gaita semiprofissionalmente. Em escala cromática.

Encaro o bilhete de novo. Ele o rabiscou num dos pedacinhos de papel que a gente deixa num pote redondo sobre o balcão, para que os clientes anotem títulos de livros obscuros ou fora de catálogo que queiram encomendar. Um relato datado sobre o Império Otomano. A longa caminhada de Werner Herzog de Munique até Paris. Um livro de fotografia com closes extremos de genitálias femininas, onde deixam de parecer vulvas e se transformam em plantas marinhas.

— Aposto que uma garota bonita como você tem vários admiradores — Archibald continua. — Vários namorados.

Ele me olha de esguelha, mas eu não digo nada. Só olho para o lado, como se fosse uma superverdade. Afinal, Archibald já me contou que Fergie, nosso colega obeso que anda de bengala por causa de uma poliomielite na infância, tem um tesão absurdo por mim. Porém quando eu disse que Fergie tinha idade para ser o meu avô, ele disse que Roland, o anãozinho que trabalha no estoque, também tem um tesão profundo por mim. Pois é.

— Você não tá falando sério, né? — digo, balançando a cabeça para o bilhete.

— Por que não? — ele pergunta, me encarando. E percebo que a expressão dele continua tão estranhamente sóbria como quando fala sobre manutenção de gaitas ou exalta as virtudes da escala cromática em detrimento da diatônica.

Por sorte, aparece um cliente. Um cara de terno gasto e sobretudo, segurando um papel amarelo com fervor no punho fechado. No papel, sem dúvida, estarão listados uns dez livros sobre algum assunto obscuro — todos fora de catálogo. Esse cara é um dos clientes mais fiéis de Archibald. Espero até que ele vá embora, mesmo que já tenham passado sete minutos do meu horário de saída e que Mel esteja me esperando no apartamento para ouvirmos uns CDs novos. Quando o cliente finalmente se vai, olho para Archibald e solto:

— Posso pensar no assunto?

Ele sorri para mim com o canto da boca.

— Não é um pedido de casamento, Lizzie. Veja como um convite.

No dia seguinte, no trabalho, decido que vou dar uma flertadinha de leve, sem compromisso. Tenho até um plano, que me ocorreu ontem à noite, visualizei o dia todo durante as aulas de Inglês Antigo e Poesia Renascentista, e elaborei no caminho para o trabalho. Vou agradecer o bilhete de forma descontraída e depois sugerir, como se não fosse nada de mais, que a gente tome um café. Só café. Peguei emprestado o colar de cruz celta da Mel e coloquei a regata rendada da minha mãe por baixo da camisa do trabalho, que desabotoei até o meio do peito. Me encharquei de água de colônia Winter Dew, mas fui mais contida ao misturar duas cores de batom, Rebel e Lady Danger, e finalizei o look com uma pincelada do gloss Girl About Town. Depois até arrisquei uma olhadinha no reflexo da janela do metrô e, por incrível que pareça, não desviei o olhar imediatamente.

Encontro Archibald na sala de descanso, jogado num canto de um futon torto ao lado de uma torre de romances xumbrega *Sabrina* e *Bianca* (todos sem capa e cheios de manchas de mofo), devorando uma fatia de pão de banana direto de uma Tupperware. Parece absurdamente chapado. Ele nem me nota quando entro. Pigarreio, mas ele continua devorando o pão, como se estivesse em transe.

— E aí — digo, jogando um charme.

Ele levanta as sobrancelhas num reconhecimento vago, grunhe e continua comendo. Me sento ao lado dele no futon, meio de lado, com as mãos entrelaçadas no colo. Isso não é nem um pouco atraente. Parece que estamos no tribunal, ou que sou a terapeuta dele. Relaxo os dedos e passo a mão pelo cabelo.

"Você tem todas as cartas na mão, querida, lembre-se disso."

— Então, eu tava pensando sobre a sua proposta.

— Proposta?

Sinto meu rosto esquentar e encher-se de manchas. Que ódio.

— Aquilo que você escreveu. No papel, ontem.

— Ah, sim, minha proposta. — Ele sorri, como se estivesse se lembrando de uma piada velha. — E aí?

— Percebi que fui meio grossa de te dar um fora.

— De boas.

— Enfim, daí eu tava pensando que talvez...

— Sim?

— Bom... sabe... — começo a enrolar.

Nesse momento, entra Janice, uma mulher obscenamente deprimida que trabalha na seção infantil. Ela se senta numa cadeira de balanço quebrada, nos observa e faz uma cara feia sobre a caneca de chá de erva-doce.

— Talvez a gente pudesse... — digo, baixando a voz.

— O quê?

— Ah, você sabe... *sair*.

— Sair? — Ele parece satisfeito. Satisfeito demais.

— Não pra fazer aquilo do bilhete. Só pra tomar um café.

Atrás de mim, Janice solta um risinho pelo nariz.

— Café — ele repete.

Assim como na noite anterior, Archibald me lança outro olhar demorado, como se eu não estivesse vestindo o uniforme da livraria, mas algo sexy, talvez até enigmático.

— Que tal hoje à noite? — ele pergunta.

— Hoje? — Na minha cabeça, esse encontro rolaria no futuro. Eu queria pelo menos uma semana para me preparar. Mas me preparar para quê? Eu deveria ser espontânea. É assim que se vive, né? *Livre, leve e solta*.

— Hoje eu saio mais tarde que você — tento argumentar.

— Eu espero.

— Mas aí vai ser muito tarde. Tipo, pra tomar café.

— Então que tal me dar um chá? — Archibald responde.

De acordo com a licença iluminada na parte de trás do banco, o nome do taxista é Jesus. Um odorizador (já inodoro) de carro em formato de pinheiro de Natal balança no retrovisor manchado, no qual posso ver um dos olhos de Jesus, cor de lama e semicerrado, encimado por uma sobrancelha espessa e profundamente franzida.

— Ele não liga — Archibald disse baixinho assim que entramos no táxi e ele tentou tirar minha camiseta. — Ele vê esse tipo de coisa o tempo todo, confia em mim.

Neguei com a cabeça.

— Você tá me enrolando, Lizzie, mas tudo bem. Me considero sortudo só de estar aqui com você. Só dirige, Jesus — ele fala. — A gente quer ver mais.

— Vou pra onde?

— Só dirige por aí. Dá umas voltas, sabe? Faz um tour pelo centro da cidade.

Alguns minutos depois, estou sorrindo educadamente para o olho de Jesus no espelho retrovisor, tentando agir como se a cabeça de Archibald não estivesse debaixo da minha saia, entre minhas pernas, onde já está há um bom tempo. Estou gemendo baixinho. Tenho de gemer para não desapontar Archibald, mas tento fazer isso bem discretamente para não incomodar o motorista. Os gemidos saem de mim como soluços. A verdade é que não consigo me desligar da presença de Jesus, dos carros passando, das pessoas caminhando pelas ruas movimentadas, das luzes da cidade, para realmente processar o que está acontecendo entre as minhas pernas. Na maior parte do tempo, é como se a metade inferior do meu corpo tivesse sido desconectada da metade superior, e a metade superior estivesse apenas observando tudo com curiosidade, de um jeito analítico. Esse cara sem graça está lambendo a minha calcinha, que fofo. Agora ele a tirou. Agora ele está mordendo minhas coxas. Geme baixinho contra a minha pele. Em alguns momentos, a parte de cima e a de baixo parecem se fundir. Quando ele morde minha perna com mais força ou quando sinto o ronronar dos gemidos dele vibrando contra minha pele, eu suspiro. Aí, de repente, volto a ser um corpo inteiro, de carne e osso, que ele realmente está tocando, e posso sentir a língua dele acariciando de verdade o espaço entre as minhas pernas. É nesse momento que solto um "eu te amo", com as palavras escapando da minha boca como borboletas de latão.

Jesus olha para mim. Ele ouviu, mas talvez — com sorte — Archibald não.

Quando o taxímetro chega aos vinte dólares, faço meu gemido soar mais trêmulo, cheio de pausas e suspiros, do jeito que a Mel soa quando transa com o namorado e eu os ouço através da parede. Finjo um orgasmo. Já se passaram uns sete minutos. A Mel já saiu com um cara que conseguia fazer ela gozar em sete minutos.

Archibald levanta minha saia e ergue a cabeça, ainda ajoelhado entre minhas pernas.

— Você gozou?

Olho para o rosto dele, emoldurado pelos meus joelhos, flutuando no escuro de um jeito estranho. Os lábios dele estão brilhantes, o cabelo ralo e avermelhado todinho bagunçado. Ele tira os óculos, e seus olhos parecem ser de outra cor — mais escuros, esverdeados, com pontos de amarelo que devem ser reflexos das luzes lá fora.

Aceno que sim com a cabeça.

— Mentira.

— Não, eu gozei sim, juro.

— Tudo bem. — Ele dá um tapinha no meu joelho e se recosta no banco ao meu lado. — Da próxima eu te faço gozar. Ah, ei, aumenta isso aí! Jesus, aumenta o volume, bota no último!

Ele dá uns tapinhas no banco do taxista até que o homem se sente obrigado a obedecer.

— Adoro essa música — Archibald diz, jogando a cabeça para trás. — Peggy Lee. "Is That All There Is". Você já ouviu?

— Não. Mas gostei — digo. Mentira. A música me soa velha demais. As cordas cafonas e dramáticas, os trompetes exagerados. A voz da mulher, profunda e sombria como um poço, mas parecendo vir junto de uma sobrancelha arqueada e um sorriso torto, meio irônico. — Parece música de circo — acrescento.

— "Se é só isso mesmo, então bora abrir uma bebida e dar uma festa" — Archibald recita a letra da música; então me olha com uma expressão meio sonolenta, mas intensa. Em seguida, pega uma garrafa grande de L'Ambiance, toma um gole e a estende para mim. Eu balanço a cabeça.

— Não acredito que você me deixou fazer isso agora há pouco — diz.

— Pra mim foi divertido. Mas, tipo, não sei se foi pra você.

— Ah, foi. Sempre quis fazer isso com você. Desde a primeira vez que te vi.

— Sério?

— Tenho outras fantasias também. Muitas.

— Mesmo?

— Lógico. Sou grato, sabe? Sou grato a você. Quer dizer, olha pra você. Agora olha pra mim. Eu não sou digno. E tudo bem. Eu *sei* disso. Já aceitei. E o fato de você ter me deixado te chupar? — Ele balança a cabeça. — Tô chocado, pra ser sincero, mas não vou questionar. Vou aproveitar o que puder. É tipo essa música. Se é só isso mesmo, então bora abrir uma bebida e curtir, né?

Ele dá um gole no vinho barato.

— Mas desculpa a gente ter feito isso aqui. Na frente de Jesus. Não consegui esperar. Tava muito excitado.

— Não tem problema. Talvez a gente possa tentar outra vez depois.

— A qualquer hora. Sempre que quiser, é só me ligar. Espero que ligue.

Ele segura minha mão e sorri de um jeito meio triste.

— Tudo bem se eu filar um dos seus cigarros?

Quando chego em casa e conto para Mel o que rolou, ela solta:

— Nossa senhora, parece que foi um fiasco.

— Total — concordo.

Mas ligo para ele na noite seguinte, e ele vem.

E começa a vir com frequência. Nas noites em que trabalhamos juntos. Nas noites em que não. Depois de algumas semanas, começo a chamá-lo de "meu quase namorado". O "quase" eu só acrescento quando falo com a Mel. A gente transa e tento me convencer de que é bom (bem, deve ser bom; ruim não é, com certeza; pelo menos não é péssimo), e depois ele tenta me ensinar sobre o uso da gaita no jazz, que, segundo ele, é o instrumento mais subestimado do mundo. Nessa hora, ele já costuma estar bem chapado do baseado gigante que enrolou sozinho, usando a maconha que deixo guardada para ele no freezer, e já trêbado do álcool que contrabandeou para cá numa sacola toda surrada. Fico assistindo enquanto anda de um lado para o outro no meu quarto, falando sobre dissonância e escalas, com a cabeça grande demais para o corpo, os óculos grandes demais para o rosto. Tento me lembrar de que essas palestras, dadas só de cueca e com uma seriedade que estou determinada a achar charmosa, são bem melhores do que vê-lo rindo durante um filme triste ou perturbador — sua segunda atividade preferida pós-sexo. Também me lembro de que eu não precisava ter ligado para ele hoje, mas liguei. Assim como liguei na quarta. E no domingo. E na segunda. Só por diversão.

Depois de uns dois meses saindo com ele, ainda não consigo explicar para Mel o que é que me atrai. Ela sempre me puxa para a cozinha para ter conversas sussurradas sobre como ele é patético. "Dormir com esse homem é uma decadência", ela diz. "Uma decadência."

Quando menciono casualmente que Archibald vai vir aqui hoje à noite, ela responde:

— De novo?

— Sim. Por quê?

— Por nada. É que você tem visto demais esse cara.

— Só por diversão. — Dou de ombros. — Ele gosta de mim — acrescento, meio atrevida.

Como Mel não responde, pergunto:

— Você acha que ele gosta de mim?

— *Você* gosta dele?

— Gosto do jeito que ele me toca. Ele me toca bastante — digo, lembrando de como outro dia, no metrô, ele agarrou meu peito por cima da blusa. Foi bem constrangedor. Fiquei repetindo, "Para, as pessoas estão olhando", porque estavam, e ele só respondeu, "Deixe que olhem". Só que esse não é um bom exemplo. Penso em como posso ficar só de calcinha e sutiã na frente dele sem precisar esconder minha barriga com as mãos, como eu fazia com o Kurt — um amigo com quem perdi a virgindade no verão passado. Ele também era virgem. O que rolou na penumbra da caminhonete do pai dele foi um acordo pragmático, para deixarmos de ser dois anormais perante o mundo. No dia seguinte, ele me levou para ver *Rent* e jantamos frutos do mar na King Street. Archibald não me leva para jantar, mas eu consigo ficar nua na frente dele. Sob luz forte. À luz do dia. Completamente nua. Seios. Coxas. Barriga exposta. Isso o excita. E quando me vejo no espelho do corredor escuro, a caminho do banheiro ou da cozinha, já não desvio o olhar. Eu fico parada lá. Olho para o meu corpo e fico fascinada com o fato de agora conseguir enxergar alguma beleza nele, mas nunca conseguiria explicar isso para ninguém. Nem para Mel.

— Ele me toca como se… — abaixo a voz — … como se realmente gostasse do meu corpo. Tipo, gostasse mesmo.

— Desde que você saiba o que está fazendo — Mel diz.

Digo a ela que sei. Então continuo ligando para ele. E ligo quase toda noite. Na maioria das noites, ele vem.

Ele está a caminho agora mesmo. Provavelmente ainda no metrô, mas talvez — com sorte — já no ônibus. Olho para o relógio. Está atrasado. Às vezes os ônibus demoram. Ele pode ter perdido a conexão, como sempre acontece. Logo vai chegar. Vai tocar a campainha. Passar as mãos pelos meus quadris. Dizer que não acredita que uma garota como eu tenha interesse num cara como ele. E eu vou sorrir, como se fosse verdade.

O telefone toca bem nessa hora. Acho que é o Archibald, então atendo e digo:

— Cadê você?

— O Archibald está aí? — Escuto uma voz de mulher. Aguda e cheia de propósito.

— Não, não está.

— É a Lizzie? — a voz pergunta. Ela diz meu nome como se fosse uma arma engatilhada ou uma bomba prestes a explodir contra a parede.

— Sim. Quem é?

Silêncio chiado. Um cachorro latindo ao fundo. Ela o manda calar a boca. O cachorro continua latindo. Ela manda de novo, dessa vez com mais violência.

Então vem a pergunta:

— Você tá dando pra ele?

Agora é minha vez de não dizer nada. O telefone parece pesado e escorregadio na minha mão. Mel está gesticulando para mim: "Quem é?".

— Quem é você? — pergunto.

— Britta — diz a voz, carregada de peso. — Sou a namorada dele.

Mel ergue uma sobrancelha para mim.

— Namorada — ela repete.

A mulher do outro lado da linha ganha corpo na minha cabeça. Um rosto. Cabelos loiros. Unhas batucando numa mesa. Eu continuo sem dizer nada.

— Ele tá indo pra aí, né? Ele tá, não tá? Alô? Alô?

— Oieeee! — Archibald chama da porta. — Tem alguém em casa? Desculpa o atraso. Ah, você tá no telefone... — Ele gesticula, mexendo os lábios sem emitir nenhum som, e depois se enfia no meu quarto.

Quando entro no quarto, ele está jogado na minha cama, tocando gaita, e sapateando contra a minha parede azul-escura. Um homem adulto de jaqueta impermeável. Cabelos já ficando grisalhos nas têmporas. Calças curtas demais para as pernas finas e brancas. Estou de camisola de renda, e agora me sinto nua, gorda, ridícula. Pego meu robe e o visto por cima, tentando resgatar um pouco de dignidade. Então me sento na cadeira da escrivaninha e espero Archibald perceber que não vou me deitar ao lado dele.

Finalmente, ele para de tocar e se vira para mim.

— O que foi?

— Uma mulher chamada Britta ligou. Disse que você tá transando com ela. É verdade?

Ele não responde.

— Eu me rebaixei pra ficar com você, sabia? Eu virei uma pessoa *decadente*! E você ainda me trai? E tá sorrindo por quê? Qual é o seu problema, porra?

— Nada. É só que você fica muito gostosa brava — ele diz, mordendo os lábios sem romper o sorriso.

Eu começo a chorar.

Agora ele está de joelhos, explicando. Fala por um bom tempo, enquanto eu fumo um cigarro atrás do outro. Britta não é a namorada dele. Não *de verdade*, ele diz.

— Ela é só uma maluca que morava no quinto andar do meu prédio. Eu fiquei com pena dela, sabe? Sozinha lá no quinto andar. Ela tinha um cachorrinho e dava banho nele todas as noites. Inacreditável — ele diz. Penso no cachorro latindo ao fundo da ligação. — Quando terminei com ela, ela começou a me perseguir. Tipo, uma stalker do caralho. Não me deixava em paz. Acho que ela gostava do que eu fazia nela, sei lá. Só que se apegou demais. Foi vergonhoso, entende?

Penso naquela voz afiada no telefone, oscilando entre histeria e gravidade.

Acendo outro cigarro e percebo que minhas mãos estão tremendo.

Ele segura minhas mãos nas dele. Eu as puxo, mas ele as pega de novo. E, dessa vez, eu deixo.

— Mas você — Archibald diz. — Você é a única que eu sempre quis. Nunca achei que conseguiria alguém como você, sabia? E não acredito que posso ter estragado tudo.

Ele começa a beijar minhas mãos. Beija várias vezes. Alguém como eu. Eu sou a única que ele sempre quis. Nunca pensou que poderia ter. Sinto meus olhos se encherem de água de novo. O quarto começa a parecer distorcido, como se estivesse girando. Então ele beija minhas coxas e começa a abrir minhas pernas devagar com as mãos. "Sai. Sai. AGORA." As palavras sobem pela minha garganta como bile, mas não saem. Em vez disso, eu fico ali, imóvel. E deixo ele fazer o que quiser.

Eu prometo para Mel que vou terminar tudo. Prometo para mim mesma que vou fazer isso. Toda vez que vou até a casa dele ou ele vem até a minha, sempre que ouço o lamento choroso da gaita dele se aproximando, penso: "Termina". Digo isso para mim mesma por semanas. "Porra, termina logo. É só terminar." Mas o que sai da minha boca é: "Oi! Senti saudade. Por que você demorou?". Nas primeiras semanas, consigo até me imaginar indo embora. Saindo de queixo erguido. Me sentindo muito mais leve por tê-lo deixado para trás.

Mas, em vez disso, fico na cama, ignorando o número desconhecido que não para de ligar, só esperando ele aparecer. Começo a ter tonturas sempre que saio do apartamento. Paro de ir às aulas. Levo atestados para o trabalho. "Ataques de pânico", diz o médico, e me receita comprimidos que Archibald e eu tomamos juntos, deitados no meu quarto ou no dele, a meia-luz.

— Eu tô morrendo — digo baixinho no nosso aniversário de seis meses.

— Ah, pobre Lizzie — ele responde, agarrando um dos meus seios.

— Eu te amo. — Digo isso com mais frequência e fervor do que antes, com as palavras escapando da minha boca antes que eu possa pegá-las de volta.

— E eu amo você — ele responde, acariciando minha coxa. Agora, sempre que Archibald me toca, sinto nojo e gratidão ao mesmo tempo.

Enquanto transamos, eu choro sem parar.

— Ei — ele diz —, você tá bem?

— Tô com fome — respondo.

Comemos comida chinesa na cama, o Combo 2B, com rolinhos primavera extras. Depois, pizza com asinhas de frango. Às vezes, tropeço até a cozinha e preparo algo absurdamente calórico, e devoramos tudo chapados, enquanto assistimos a um dos filmes bizarros dele, pelos quais desenvolvi uma nova obsessão: *O homem elefante*, *O Corcunda de Notre Dame*, ou um documentário sobre circo que faz uma análise fria e cruel da humanidade por trás dos shows de aberrações. Ou então ouvimos jazz — sugestão minha. Em seguida, fico lá, deitada de camisola, ouvindo Archibald falar sem parar sobre dissonância na música. Não é mais charmoso nem engraçado. Só... é.

Não olho mais para mim mesma no espelho no caminho para o banheiro ou para a cozinha. Agora estou sempre de camisola; nunca mais fiquei nua na frente dele, e o observo enquanto, alheio à minha existência, Archibald toca aquela gaita da qual tenho um ódio mortal, enchendo meu quarto com aquele som terrível e estridente. Observo enquanto fuma meus cigarros, o peito magro e sardento, com tufos de pelos estranhos, soltando a fumaça e tragando de novo. A palavra "acabou" dança na ponta da minha língua, mas quando ele se senta na cama e diz: "Bom, acho que já vou indo", eu encaro suas costas ossudas e encurvadas, os ombros quase encostando nas orelhas, e, ao abrir a boca, o que sai é:

— Posso ir junto?

De onde estou, deitada na cama dele, vejo Archibald cambalear, meio nu, até o toca-discos no outro lado do porão onde mora — um único cômodo de teto baixo, iluminado por pisca-piscas em formato de pimenta que ele disse ter roubado de um restaurante mexicano. Não sei há quanto tempo estou nesse porão, deitada naquela cama verde e horrível, chapada, nua e cheia de ressentimento. Dias? Uma semana, talvez? Há caixas de comida chinesa espalhadas pela cama e sobre a mesa. Livros da faculdade que eu trouxe comigo, mas nem mesmo abri. Não faço ideia de que horas são e há dias que não vou nem para a aula nem para o trabalho. Estamos ouvindo "Is That All There Is?", da Peggy Lee, por minha própria escolha, pela nonagésima vez seguida. De muito, muito longe, escuto Archibald perguntar:

— Você tá bem?

— Agora entendo por que você ama essa música. É incrível.

E entendo mesmo. De fato, quando ouço a voz de Peggy Lee preencher aquele cômodo escuro, feio e de teto baixo, decorado com aquelas luzinhas vermelhas piscando, a neblina se dissipa. Meus olhos se enchem de lágrimas, flutuo, sou levada pelos sons do circo, pelos trompetes.

Como todas as outras vezes em que estive aqui, vim com a intenção de terminar tudo. Cheguei a abrir a boca duas vezes para dizer isso, mas, das duas vezes, o que saiu foi: "Vamos pedir comida chinesa". Agora só estou deitada aqui, com o teto girando, a boca aberta, seca de tanto glutamato monossódico, chapada demais para me mexer, enquanto observo dois Archibalds caminhando na minha direção.

Não sei quando a batida na porta começa. Está fora da música? Ou talvez tenha uma porta na música? Será que a canção tem uma porta que alguém está esmurrando com o punho? Estranho eu não ter reparado nisso antes.

— Tem alguém batendo na porta? — pergunto.

— O Ling atende.

Ling é um dos milhões de caras que dividem a casa com ele.

As batidas continuam.

— Não sei por que eu deveria atender a porta — Archibald diz, falando para o nada ao seu redor, como se o ar o estivesse acusando. — Já é uma da manhã.

As batidas continuam, agora mais fortes e ritmadas.

— Tem certeza de que não quer atender? — resmungo.

Archibald se levanta e vai andando até a porta de correr. Escuto seus passos lentos subindo as escadas. "Is That All There Is?" ainda toca no repeat. De novo e de novo, Peggy Lee canta uma letra existencialista sobre o circo, sobre um incêndio, sobre o amor e sobre a morte. Quantas vezes já ouvi essa música? Continuo à deriva, flutuando na direção do teto com textura de pipoca, balançando suavemente, ouvindo vozes — sussurradas e agressivas, depois mais altas, mais próximas. Na música? Não. Lá em cima. Parece que vêm de lá. Eu deveria me levantar e ir ver o que está acontecendo, mas minhas pernas estão pesadas como chumbo.

De repente, uma mulher vem marchando na minha direção. Archibald tenta segurá-la, mas ela se solta, determinada a não ser parada. É uma gigante saída de um circo, diretamente dos meus pesadelos circenses, mas ela me parece familiar. Uma das clientes da livraria. Na verdade, uma das clientes de Archibald. Havia aparecido lá recentemente, pedindo um livro sobre cuidados com dachshunds. Não sabia o título. Insistiu para que eu pesquisasse sobre o assunto. E depois ficou assentindo distraidamente com a cabeça enquanto eu lia os resultados. Uma mulher enorme, com cabelo de um loiro sujo, e penteado com as pontas viradas para fora, ao estilo dos anos 60. E, assim como naquele dia, agora também traz consigo um dachshund histérico, que não para de latir, preso a uma guia ridiculamente curta.

No instante em que a vejo, sei que foi ela quem me ligou. E esse é o cachorro que latia ao fundo.

Fico parada ali, ainda sem conseguir me mexer, enquanto ela se senta na poltrona de Archibald ao lado da cama, que tem uma mancha gigante de queimado no assento e, sobre o braço, o cinzeiro transbordando de bitucas de cigarro, todas carimbadas com o meu gloss Girl About Town. Ela pega o cachorro no colo e ele se contorce como uma salsicha possuída pelo demônio, latindo sem parar. O bicho está vestindo um casaco de tweed que parece uma capa.

Olho ao redor procurando Archibald, mas ele sumiu.

— Você é a Lizzie. — Quando ela diz meu nome, ele já não tem mais a forma de uma bomba. Agora são apenas estilhaços espalhados pelo chão.

— Sim. E você é a Britta.

— Só quero que você saiba — ela diz —, que ele tem transado comigo esse tempo todo. Depois que vê você, ele vem me ver. Ele deveria ter ido me ver hoje, mas cancelou de última hora. — A voz dela é grave, mas cheia de curvas perigosas, como um carro prestes a derrapar.

Eu olho para ela. Britta está vestindo leggings pretas cobertas de pelos de cachorro. Um daqueles suéteres horríveis de loja de departamentos plus size — que eu e minha mãe jamais compraríamos na vida. Não só porque ficam escondidos bem no fundo da loja, mas porque são cheios de enfeitinhos e bordados cafonas, e porque nenhuma mulher gorda com um pingo de amor-próprio teria coragem de usá-los. São suéteres para mulheres que desistiram da moda. Suéteres para mulheres que só querem esconder o próprio corpo.

— Ok — eu digo. Meus membros pesam uma tonelada. Meu coração parece prestes a sair correndo do meu peito e fugir dali.

— Calma, senhoritas. Olha, vamos todos ficar tranquilos, beleza? Vamos sentar e resolver tudo isso numa boa — Archibald diz. Ele está encostado num canto do quarto, tentando parecer sério, mas eu vejo que ele está tentando conter aquele sorriso pervertido. O mesmo sorriso que apareceu quando o confrontei sobre Britta. Ele tenta permanecer sério, mas seus lábios tremem.

— Ah, eu estou bem calma — Britta responde, balançando-se para frente e para trás na poltrona surrada. Os olhos dela estão vermelhos. Ela passou o dia chorando, isso é óbvio. Penso no pão de banana que vi Archibald devorar na sala de descanso. Nos Tupperware que já vi na prateleira da geladeira dele, ao lado do seu inseparável pote industrial de manteiga de amendoim. Potes cheios de alguma gororoba cremosa cheia de maionese — salada de brócolis, talvez. Quando vi aquilo pela primeira vez, achei bem estranho. Não conseguia imaginá-lo cortando floretes de brócolis, picando bacon em pedacinhos, misturando tudo cuidadosamente com uvas-passas, cheddar ralado e maionese. Jamais, nem em um milhão de anos, conseguiria visualizá-lo tirando um pão do forno. Tudo isso era obra dessa mulher de olhos meio secos, que claramente passou o dia chorando por Archibald e, sem dúvida, vai chorar de novo mais tarde. Quando o *pager* dele vibrou mais cedo, sem dúvida era ela, perguntando onde caralhos ele estava. Provavelmente tinha preparado um jantar para ele. Consigo imaginar uma mesa posta para dois, uma flor triste num vaso feio entre os pratos brilhantes. Um vinho ruim que ele enxugaria em dois goles. Talvez ela tenha vestido algo especial. Ou talvez *isso* que ela está vestindo seja a roupa especial. Talvez tenha acendido velas. Talvez ainda estejam acesas. Talvez a sala dela esteja pegando fogo agora.

— Eu não devo nada a essa mulher — Britta diz, provavelmente respondendo a algo que Archibald acabou de falar. — Não devo merda nenhuma. Na verdade, se tem alguém que deveria me agradecer, essa pessoa é ela. Ela deveria estar me agradecendo.

— Ela tem razão — eu digo. — Eu deveria mesmo. Muito obrigada.

Com muito esforço, consigo sair da cama. Enquanto isso, os dois continuam discutindo, mas a conversa entra e sai de foco, e não consigo me concentrar.

Minhas botas. Só preciso achar minhas botas. Minha mãe adora uma música sobre botas que são feitas para andar, e eu adorava cantá-la quando era mais nova. Essa música não é da Peggy Lee, mas de outra mulher da mesma época. Uma mulher elegante. Magra e livre, dançando com botas brancas de salto alto. *Tac, tac, tac*. Só preciso fazer isso. *Tac, tac, tac* pela neve branca. Sem olhar para trás.

Eu me levanto e calço os coturnos sem amarrar os cadarços. Depois jogo o cardigã por cima da camisola de seda da minha mãe.

Cambaleio até a porta, mas as drogas atrapalham; meu coração está disparado e o ar ao redor parece o fundo de um lago invisível, do qual luto para emergir, com algas enroladas ao redor dos tornozelos. Caio duas vezes no processo de subir as escadas do porão e, finalmente, tropeço pela porta e saio para fora. Agora estou na neve, andando na direção de onde acho — espero — que esteja o ponto de ônibus. Archibald está chamando meu nome, mas eu continuo patinando, tentando acelerar o passo sem escorregar no gelo.

Só preciso manter aquela música na cabeça, a música sobre botas serem feitas para andar, e aí vai dar tudo certo. A rua está coberta de gelo e, a cada passo, escorrego um pouquinho.

Ouço a voz de Archibald chegando mais perto, mas sigo em frente, andando e deslizando, até sentir a mão dele no meu ombro. Eu me viro e ele está ajoelhado na neve. Olha para mim. Ele vai fazer um discurso. Vai abrir a boca para dizer sabe-se lá o quê. Vai falar que não pode me perder, mas vai entender se eu nunca mais quiser vê-lo. Vai dizer que não me merece. Vai falar sobre como Britta é louca. E como eu sou a única que ele realmente quer.

— Lizzie — ele diz, abraçando minhas pernas, e eu tento desesperadamente me soltar.

— Seu *babaca*! — Britta berra.

Eu me viro e a vejo vindo na nossa direção com tudo, balançando uma gaita no ar como se fosse uma arma. Ela joga o braço para trás, e, minha nossa, a mira dela é impressionante. O troço acerta Archibald bem na cara. Na boca.

Pelo que me parece uma eternidade, ficamos todos parados ali. Observando o sangue jorrar da boca dele, belo e horrendo ao mesmo tempo, enquanto Archibald balbucia alguma coisa, provavelmente em choque. Pisca os olhos freneticamente. Então Britta corre até ele. Arranca aquele suéter horroroso. Por baixo, está usando um daqueles tops básicos de gola redonda — devo ter uns doze desses. Ela tapa a boca dele com a roupa, enrolando-o em seu cachecol ridículo. E agora está pedindo desculpas, "Eu sinto muito". Assisto a tudo como se fosse um filme, até perceber que Britta está falando comigo.

— Você pode chamar um táxi? — ela pede, me entregando o celular.

Na sala de espera do hospital, sentamos uma ao lado da outra, com uma cadeira vazia entre nós, onde colocamos as bolsas. Archibald está meio apagado em uma maca ali perto. De vez em quando, murmura alguma coisa sobre a gaita, com a boca cheia de gaze. Pelo movimento do pronto-socorro, parece que a cidade toda resolveu se esfaquear ou levar um tiro hoje. Cortes fundos, dores no peito, bebês doentes por toda parte. Ser acertado na cara por uma gaita — mesmo uma cromática — não está no topo da lista de prioridades do médico. A enfermeira já avisou que vai demorar.

Britta finge folhear revistas velhas. Eu encaro a TV.

— Você pode ir embora, sabe — ela diz. — De verdade. Quem agrediu ele fui eu. E vai demorar muito pra ele ser atendido.

— Não, tudo bem — respondo, como se ficar ali fosse um ato de sacrifício, como se estivéssemos juntas nessa. O problema é que, na real, eu saí com tanta pressa que deixei minha carteira no apartamento de Archibald. Isso sem falar das minhas chaves, das minhas roupas... Estou usando só meus coturnos desamarrados, a camisola vermelha da minha mãe manchada de comida chinesa, e um cardigã salpicado de sangue. Pedir dinheiro para Britta? Nem fodendo. E eu estou a pelo menos uma hora de caminhada do meu apartamento.

Liguei para Mel algumas vezes do telefone do hospital e deixei recado. Nada. Nem resposta, nem retorno. Talvez esteja em algum rolê. Ou talvez ache que eu mereço passar por tudo isso.

Assisto à TV que paira acima das feias cadeiras de couro da recepção e dos doentes. No mudo, duas garotas gordas estão gritando e se estrangulando num palco cheio de cadeiras viradas. Ao que tudo indica, parecem prestes a se matar, até que dois brutamontes carecas, vestidos em camisetas pretas, surgem para separá-las. Na legenda da parte de baixo da tela está escrito: "Eu traí você com a sua melhor amiga!".

Olho para Britta, mas ela continua encarando a revista feminina, fingindo estar interessada em uma matéria sobre arte com lã. O cachecol que usou para estancar o sangue de Archibald está enfiado em sua bolsa enorme. Uma bolsa bonita. Do tipo que minha mãe compraria. Eu me lembro de que Britta é outro país, outro tipo de terreno, estranho e distante de mim. Que ela é maior. Mais velha. Mais triste. Mais além da salvação. Que, em termos de corpo e alma, sou só um quarto perto da casa triste que ela é.

— O Archibald já te mostrou aquela música da Peggy Lee, "Is That All There Is"? — pergunto.

Ela demora para responder. Só franze a testa para uma foto na revista; uma guirlanda feita com limpadores verdes de cachimbo.

— O Archibald tocava muitas músicas — ela diz, finalmente.

Volto meu olhar para a TV.

Agora, uma das garotas gordas conseguiu escapar e agarrou a outra em um mata-leão. Atrás delas, no meio das cadeiras reviradas e abandonadas, um homem magricela com cara de rato assiste a tudo calmamente. Vê os seguranças separarem as duas garotas gordas. Vê como se debatem, chutando o ar. E ele sorri, como se todo esse sofrimento fosse o sentido da vida. Quando abre um sorriso maior — talvez por algo que uma das garotas gordas gritou — percebo que falta um incisivo na boca dele. Penso em como Archibald ficou depois da gaitada. Em como, depois de o choque passar, ele começou a rir. Riu o caminho inteiro do táxi até o hospital, com o curativo frouxo que Britta havia lhe enfiado na boca já empapado de sangue, cada gargalhada fazendo mais sangue quente escorrer queixo abaixo.

— Ele nunca tocou essa música ou falou sobre ela com você? Sobre a filosofia dele? — pergunto de novo. Olho para Britta, mas ela se recusa a me encarar.

— Não quero falar sobre isso com você. Tudo bem?

— Tá bom. — Vejo que o queixo dela está erguido, e treme um pouco. — Seu livro chegou, aliás.

— Que livro? — ela resmunga.

— *Como cuidar do seu dachshund*. Você encomendou comigo.

— Ah — ela diz, como se estivesse tentando se lembrar. — Certo.

— Tá lá na loja te esperando. É só buscar.

Na TV, as garotas continuam se atacando e sendo separadas. Seus braços gordos ainda se esticam no ar, doidos para estrangular uma à outra.

Britta se levanta de repente.

— Vou pegar alguma coisa para comer na cafeteria. — Ela hesita, depois olha para mim. — Quer alguma coisa?

Comida. Embora eu não coma há muitas horas, ainda não tinha pensado nisso. No instante em que ela me faz essa pergunta, percebo o quanto meu estômago está vazio. Estou morta de fome.

— Não, obrigada — digo, balançando a cabeça. — Não tô com fome agora. Vou deixar pra mais tarde.

E então observo enquanto Britta se afasta, sua silhueta curva, arruinada e abatida, seguindo até o final do corredor antes de desaparecer pelas portas basculantes.

5

A garota que odeio

Estou comendo *scones* com a garota que eu odeio. Foi ideia dela. Ela diz que comer um deles é como ser fodida. Não uma foda baunilha, mas uma foda violenta, com chicotes. Ela come enquanto assisto, bebendo chá preto com leite e sem açúcar. Na real, ela nem começou a comer ainda. Ela os está partindo em dois, passando nata sobre cada metade, e cobrindo tudo com geleia caseira. Enquanto faz isso, me avisa que é possível que solte uns gemidos. Tipo, só para eu saber. "De boas", respondo dando de ombros, sentindo partes de mim pegarem fogo. Tenho a xícara de chá na mão, o dedo enfiado na alça pequena demais, cortando a circulação. Observo quando ela morde o pãozinho com seus dentes de coelho. Observo os nacos de nata e geleia se acumularem nos cantos da boca. Ela inclina a cabeça para trás, fecha os olhos, e começa a emitir o que devem ser os tais gemidos. Sirvo-me de mais chá e envolvo a xícara com as mãos como se as estivesse aquecendo, embora a bebida já tenha esfriado. Então finjo olhar pela janela e apreciar a vista miserável da rua.

— Dia cheio no escritório hoje. — E tento não pensar: "Vaca do caralho".

Afinal, ela é minha amiga e colega de trabalho.

— O quê? — ela pergunta, de boca cheia. Não me ouviu por causa dos gemidos.

Repito, bem alto e articulando demais as palavras, que o escritório estava movimentado esta manhã, e aí sim penso: "Vaca do caralho".

— Hummm — ela responde. Só que está chapada demais de açúcar para ter uma conversa de verdade. Tão chapada que balança as perninhas de saracura para frente e para trás sob a cadeira (como uma criança) e faz uma dancinha com a cabeça, como quando comeu aquela costeleta de porco frita na minha frente algumas semanas atrás.

Não gosto dos gemidos dela, dos gambitinhos que chama de pernas, e das clavículas salientes que parecem prestes a furar a pele. Além disso, não gosto da imitação do Come-come que sempre faz depois de descrever uma comida que ama (*Om-nom-nom*!). E o fato de que o tamanho absurdo daquele *scone* só enfatiza o quanto a magreza dela é doentia, mas, principalmente, não gosto do fato de que ela exista.

Também não gosto das roupas dela, geralmente compradas em brechós, uma mistura perfeita entre excêntrico e vulgar. Hoje, está usando um macacão de lycra, tipo algo saído de um clipe do Goldfrapp, e uma meia-calça fina com uma fileira de coraçõezinhos pretos na parte de trás. Por cima, está usando um casaco vermelho com manga boca de sino, como aqueles que as meninas vestem para patinação no gelo nos livros ilustrados. Eu tinha um casaco assim quando tinha cinco anos, mas o meu era rosa. Tem uma foto minha com ele, segurando a mão do meu pai num estacionamento congelado em algum lugar de Misery Saga. Foi pouco antes de ele ir embora. Na foto, ele olha para aquela coisinha segurando sua mão como se não acreditasse no quão pequena essa coisa — eu — é. Na foto, tenho mais ou menos o tamanho que a garota que eu odeio tem agora.

Ela percebe que estou olhando para ela e pergunta:

— O que foi?

— Nada não.

Ela olha para a minha xícara de chá frio e para o meu prato vazio.

— Por que você não pegou um *scone*? Não tá com fome?

— Vou comer uma salada depois — digo.

Já consigo até imaginar: eu no refeitório vazio, meu Tupperware e sua floresta de folhas verdes, uma edição antiga da *Hello!* Que vou fingir ler se alguém entrar. Não vou nem acender as luzes.

Ela dá de ombros, dá mais uma mordida no pãozinho. Então meio que estreita os olhos para mim.

— Você é muito *saladinha* — diz.

— Sou?

Quando termina, ela afunda na cadeira, dá tapinhas na barriga inexistente por cima do macacão e diz que está se sentindo sonolenta. Suspira, faz um biquinho falso.

— Queria que a gente não tivesse que voltar pro trabalho.

— Pois é — digo, pedindo a conta e pegando minha bolsa da cadeira. Ela estende a mão e acaricia minha bolsa de oncinha felpuda como se fosse seu bichinho de estimação.

— Linda — diz.

No caminho de volta para o escritório, falamos sobre nossos piores estágios. Como eu, ela também saiu da faculdade um ano atrás, levando consigo um diploma inútil em ciências humanas e, desde então, teve vários trabalhos de merda. O pior, segundo ela, foi o anterior a esse. O chefe vivia tentando comer ela. E também tinha uma fotocopiadora que, segundo ela, era possuída por Satanás. Além disso, não tinha nenhum restaurante decente por perto.

— E o seu?

— O anterior a esse — digo. Na verdade, é esse mesmo.

— Fotocopiadora satânica? — ela sugere.

— Fax — respondo, olhando para a longa linha branca do pescoço dela, destacada pelo *choker* preto vagabundo.

— Ui — ela diz. — Pior ainda.

Quando chegamos ao escritório, antes de seguirmos para os nossos respectivos cubículos, ela se vira para mim, com os lábios e as bochechas ainda coradas de tanto pão doce, e diz:

— Me manda mensagem depois?

— Mando — digo. Então ela sai trotando, e eu vejo como as costuras de coraçõezinhos estão perfeitamente alinhadas ao longo das panturrilhas.

Durante o resto da tarde, sonho acordada e imagino que ela come tantos *scones* que vai engordando, engordando, engordando, até explodir.

Em casa, como o que sobrou da minha salada com o resto do molho de mostarda e mel que veio com ela. Primeiro, faço questão de fechar as cortinas. Antes eu não as fechava, até o dia em que flagrei o dono do restaurante turco me observando da janela de cima enquanto fumava, justo no meio do meu ritual pós-salada de esfregar a ponta dos dedos pelo prato vazio e depois chupar o óleo de cada uma delas. Antes, ele me cumprimentava sempre que nos encontrávamos na rua. Agora, me olha como se conhecesse os detalhes sórdidos da minha calcinha mais esfarrapada. Como se tivesse passado o dedo pela borda rendada puída e sem elástico. Sacudido o lacinho rosa murcho. Segurado a etiqueta MADE IN CHINA entre os dentes.

Depois da salada, provo um vestido da linha *bodycon* da French Connection, uma saia lápis da Bettie Page, e uma blusa frente única da Stop Staring! Em todos os casos, não estou mais perto do meu objetivo, mas também não estou mais longe — o que não é novidade nenhuma. Vinte e cinco dias. Esse é o tempo que falta para eu pegar o avião e visitar Tom, meu quase namorado. Duas semanas atrás, quando ele me pressionou para que eu escolhesse uma data para a visita, escolhi uma que, na época, me parecia existir num futuro distante em que eu estaria mais magra — muito mais magra — do que da última vez que ele me viu. Então me lembro de que já se passaram 57 dias desde que me viu pela última vez, quando lhe dei um tchauzinho do portão de embarque, vestindo o jeans velho do meu pai e uma camiseta masculina do Joy Division — tamanho G3. Cinquenta e sete dias atrás, eu estava bem mais gorda, e quem diz isso não é só a saia lápis, o *bodycon* e a frente única, mas também a balança, a fita métrica e aquelas pinças de medir gordura que usam na academia. Há uma diferença considerável entre a garota que ele viu 57 dias atrás e esta. Será que dá para comparar as duas? Não dá. Simplesmente não dá. E isso é um consolo, penso, enquanto fico parada na frente do espelho, só de sutiã e calcinha de cintura alta, tentando, como faço todas as noites, lidar com certas verdades irrevogáveis. Em seguida, como vários punhados de cereal de linhaça e quinze amêndoas cruas, sem sal.

Depois de anotar meu progresso e calcular minha ingestão diária de calorias, decido ligar para Tom para ver se ele realmente comprou a passagem.

— Comprei — ele diz. — Hoje de manhã.

— Ah, massa — digo. — Que bom.

— Você não parece muito animada.

— Claro que estou. Por que não estaria? Faz muito tempo que não te vejo. — E como ele não responde, acrescento: — Cinquenta e sete dias.

Quero mostrar que estive contando. Isso importa, essa ausência.

— Foi você que quis esperar tanto — ele diz.

Conheci Tom há quase um ano no Dirty List, um fórum on-line para fãs de Underworld, e, desde então, estamos namorando à distância. Contei para todo mundo, inclusive para a garota que odeio, que Tom e eu nos conhecemos no último show do Underworld em Nova York antes de a banda parar de fazer turnês — que foi exatamente quando nos vimos pessoalmente pela primeira vez. Mesmo estando no auge do meu peso naquela época, ele só olhou para mim, pegou minha mão e disse que era melhor a gente entrar na fila. Desde então, nos vemos a cada poucos meses. Uso a maior parte do meu salário para pagar as passagens, cujo valor ele divide comigo. Minha mãe acha um absurdo gastar tanto dinheiro para ver um cara que eu mal conheço — ou que ela acha que eu mal conheço —, mas desde que comecei a perder peso, não disse mais nada. Obviamente, sair com Tom me faz bem. Ainda assim, não quero vê-lo de novo até ter emagrecido um pouco mais. Estou com medo de já ter estagnado na dieta.

— Mas não foi porque eu não queria te ver — digo para Tom agora. — É que faz tempo que não tenho uma folga. Por causa do trabalho.

Penso no tempo que passei rabiscando "puta" com corretivo no meu grampeador antes do almoço. Nos pornôs que produzo à tarde — usando clipes de papel. Em como desperdicei todo o meu o dia ontem procurando protetores de tela da Bettie Page só para me torturar.

— Eu sei — ele diz. — É que tô muito ansioso para te ver.

Apago a luz para não ver o espelho, mas ele está lá, e minha silhueta também, escura e imprecisa no vidro.

— Eu também — respondo.

Mais tarde, depois de desligar o telefone e passar um tempo deitada na cama, penso na resposta perfeita para o comentário sobre a salada. Imagino nós duas de volta na padaria e faço com que ela diga que sou *saladinha*, com nata e geleia acumuladas nos cantos dos lábios. Mas, em vez de responder "Sou?", eu me inclino para frente e, em um tom baixo, digo:

"Escuta aqui, sua putinha convencida! Nem todo mundo pode comer doce e transformar isso em mais magreza! Algumas de nós somos forçadas a comer mix de folhas na penumbra dos nossos apartamentos minúsculos e ainda assim engordam inexplicavelmente. Algumas de nós engordam só de contemplar o que você enfia tão inconsequentemente, toda saltitante, nessa boquinha tão presunçosa."

E digo isso me inclinando na direção dela, com uma raiva ferina na voz, acumulada depois de meses de contenção, fazendo com que ela abaixe a cabeça em um remorso genuíno.

A caminho do trabalho no dia seguinte, faço uma promessa para mim mesma. Prometo que, quando a garota que eu odeio me chamar para almoçar, eu vou dizer "Não".

Vou dizer *Não*. Vou dizer *Não*.

Mas daí, lá pelas onze, ela me manda uma mensagem que diz "Pizza Sueca Estranha!! Om-nom-nom!!", e eu a respondo com um emoji sorrindo.

Vamos à lanchonete escandinava que ela adora. Ela pede uma pizza de linguiça, lavanda e tomilho, do tamanho da cabeça dela, mais um *kanelbulle*, um bolinho de canela, para mais tarde, para o que ela chama de "lanchinho secreto". Eu peço uma salada de erva-doce, romã e endro, que vem sem molho, numa tigela em formato de diamante. Enquanto ela come a pizza, me observa revirar os raminhos murchos de endro em busca de meias-luas de erva-doce. Tento distraí-la comentando sobre o tempo, dizendo que achei que ia chover hoje, qualquer coisa que faça ela olhar para cima, mas os olhos dela estão em mim, no meu garfo, na minha tigela.

— Essa salada é muito pequena — ela diz.

— Na verdade não — retruco, puxando a tigela para mais perto de mim. — Só parece pequena.

Mas ela não larga o osso. Levanta os óculos de sol em formato de coração, se inclina para frente, espreita dentro da tigela, e franze um pouco o nariz, como se tivesse sentido um cheiro ruim.

— Parece pequena porque é pequena — diz, recostando-se. Inclina a cabeça para o lado, como se estivesse olhando um bicho de zoológico. — Por que você pediu isso?

Digo alguma coisa sobre como gosto de sementes de romã, pois são bonitas e parecem rubis. Ela me encara até eu sentir um calor me subir pela nuca. Depois, dá de ombros. Está usando uma regata de alcinhas que expõe sua estrutura de espantalho. Abre bem a boca e dá uma mordida exagerada na pizza, depois se recosta, mastigando, e inclina o rostinho minúsculo para o sol.

— Ai, eu amo o *xól* — ela diz.

Naquela noite, enquanto janto com Mel no bistrô das saladas divertidas, despejo minha raiva sobre a Lombriga Desnutrida, que é como chamo a garota que odeio quando quero ser engraçada. Nem espero a gente pegar as bebidas; já começo a falar mal dela enquanto ainda estamos com os cardápios gigantes abertos na nossa frente. Conto para Mel sobre os *scones* e a pizza sueca. Sobre o comentário da salada. Desabafo sobre o que eu gostaria de ter dito para a Lombriga Desnutrida, sobre os *scones* virando mais magreza para algumas enquanto outras engordam mesmo enquanto comem salada. Imagino que agora que Mel está gorda — mais gorda, inclusive, do que já estive em toda minha vida —, vá entender o quanto essa garota é digna de ódio.

E é isso o que mais amo nela.

— Hum. Lombriga Desnutrida... Acho que você já me falou dela antes. É aquela que ficava comendo as rodelas de limão da sua vodca, né?

— Não, essa era a Espuma de Soja. Uma anoréxica do meu outro trabalho. A Lombriga é do trabalho novo. E eu nem odeio mais ela.

— Quem? A Lombriga Desnutrida?

— Não, a Espuma de Soja.

A Espuma de Soja era irritante pra caralho, mas pelo menos eu a entendia. Quer dizer, no começo, não. No começo, só via essa mulher minúscula do setor de Contabilidade que, sempre que a gente saía para almoçar, pedia um café com leite de soja vaporizado à parte, e comia só a espuma com uma colher, como se fosse sopa. Porém, em uma noite, no happy hour, depois de devorar todas as guarnições do coquetel, ela me confessou, já meio bêbada, que não menstruava havia dois anos e que, por causa da menopausa precoce, teve que começar a se barbear. Depois disso, passei a odiá-la menos. Mas com a Lombriga Desnutrida é diferente.

— Ah, tá. Mas então quem é a Lombriga Desnutrida, Lizzie?

Beth, quero corrigir. Agora sou *Beth*, não *Lizzie*. Mas, mesmo depois de eu ter dito isso para Mel um milhão de vezes, ela continua me chamando assim.

— É aquela moça esquelética do meu trabalho. A das meias de coração. Que gosta de imitar o Come-come.

— Ah, tá. Sei. Mas, se você odeia ela, então por que almoçam juntas?

— Somos amigas. Tirando essa parte da comida, até que ela é legal.

Lembro de como, na minha primeira semana, ela meio que me botou debaixo da asa. Me ensinou a mexer na fotocopiadora. Me salvou de um problema com a impressora, socando a tampa até que ela cuspisse a outra metade do meu relatório. Uma vez, quando eu estava com uma dor de cabeça de tensão, ela apertou minha palma entre o polegar e o indicador por cinco minutos porque leu na internet que às vezes isso ajuda. E também era a única outra garota do escritório na faixa dos vinte anos de idade. A única, pelo menos, que fazia questão de falar comigo. Tem até uma garota que odiamos juntas: "A Maluca do Yoga e dos Probióticos", uma vaca do RH. Depois que nos flagramos fazendo caretas de *socorro* durante um discurso no qual dizia como Bikram havia mudado a vida dela — entre colheradas de iogurte natural na sala de descanso —, nós duas meio que acabamos nos conectando.

— É — Mel diz. — Assim fica meio difícil.

A garçonete chega e peço uma salada de coração com molho de papoula à parte.

— Salada de coração? — Mel pergunta.

— É uma salada que tem tudo de coração — digo. — Corações de alcachofra. Corações de alface-romana. Corações de palmito. Amo.

Mel pede um sanduíche de rosbife com um enroladinho de queijo havarti e batata-doce frita. Sugere dividirmos um aperitivo de queijo camembert assado, mas quando recuso, ela não insiste como fazia antes. Parece estar começando a entender que não posso me dar ao luxo de engordar de novo e perder o que, na melhor das hipóteses, conquistei a duras penas. Porém digo que ela deveria pedir. Para comer sozinha. Afinal, parece uma delícia.

— Não posso pedir tudo isso só pra mim. Vão pensar que eu sou uma ogra...

— Eu como um pedacinho — sugiro.

Mel diz que é melhor não pedir. Que é melhor se controlar.

— Como você faz.

Ela me dá um meio sorriso.

Digo a ela que, honestamente, não sou tão disciplinada assim. Na verdade, sou...

— Você é sim — ela diz. — Queria ter a sua disciplina.

— Você teve, por um tempo — desvio o olhar.

No passado, teve uma época que Mel super se dedicou à perda de peso; usava a velha bicicleta ergométrica da mãe e só se alimentava de Coca Diet e comida light. Na real, por um tempo, Mel até voltou a se parecer com a implacável força da natureza que era aos dezessete anos — a garota que usava sutiã preto debaixo da blusa branca do colégio católico, e que chupava todos os garotos pelos quais eu me apaixonava no quarto decorado com pôsteres de bandas góticas, enquanto eu esperava no andar de baixo com a mãe dela, aprendendo a trapacear em partidas de Paciência.

Isso foi há alguns anos, quando morávamos juntas. Nessa época, eu ainda era uma baleia agorafóbica que trocava de curso a cada semestre — de Inglês para Literatura Francesa, de Literatura Francesa para História da Arte, de História da Arte para Estudos Medievais, e de Estudos Medievais para Cinema — indo a uma ou outra aula quando conseguia me forçar a sair do quarto, acumulando e desistindo de mil matérias (tipo Gaélico), e colecionando cronogramas como se fossem folhetos de viagem para destinos que eu nem sabia se queria visitar.

Quando Mel começou a emagrecer, tentei apoiá-la. Dizia coisas como: "Você está linda, mas vê se não *exagera*". Sabe, coisas que uma amiga diz para outra. Entretanto Mel só sorvia sua Coca Diet com um ar meio presunçoso, como se tivesse um segredo, e deixava metade da salada para a garçonete levar. Depois de alguns meses, porém, perdeu a força de vontade. Não conseguiu manter o peso. Engordou tudo de novo. Praticamente o dobro, se quer saber.

— É, acho que eu meio que exagerei — Mel diz agora.

— Eu te avisei — lembro a ela. — Mas você ainda é linda — acrescento, tentando encontrar algo nela para elogiar. E ela é *mesmo* linda, mas desde que ganhou todo esse peso, se descuidou um pouco na aparência. Normalmente, passa pelo menos um batom para me encontrar, porque sabe que detesto vê-la sem maquiagem, mas hoje seus lábios estão nus e rachados.

— Amei a sua blusa, amiga — digo por fim. É uma blusa horrorosa. Daquelas monstruosidades esvoaçantes que só se encontram em lojas plus size. Tem umas pedrinhas iridescentes bordadas na gola, uns fiapos de renda saindo das mangas bufantes, presumivelmente para minimizar a semelhança com uma mortalha. — Adorei o detalhe das mangas.

Mel olha para a renda da blusa, franzindo a testa.

— Hum, é bonitinha, sei lá.

— Muito bonita. Engraçado como agora parece que têm roupas bem melhores naquela loja do que quando eu tinha que comprar lá.

— Ainda é a mesma bosta — ela cospe. — Tem mais opções, só isso.

Cutucamos nosso gelo com os canudos.

— Adorei o seu corset, aliás — ela diz, olhando para mim. — É da Siren?

— Não, da Hell's Belles.

— Nossa, pensei que essa loja tinha fechado.

— Não. Continua aberta, mas mudou de dono.

— Hum. Nossa, faz uma eternidade que não vou pro centro da cidade.

Mel se mudou do nosso apartamento quando decidiu voltar para a faculdade — não conseguia pagar a mensalidade e o aluguel com o salário de balconista de loja de música —, e agora mora com a mãe em Misery Saga.

— Lembro que eu amava comprar lá — ela diz.

Lembro de esperá-la do lado de fora do provador enquanto ela experimentava espartilhos de vinil e vestidos de veludo com cintura império. A antiga dona, uma mulher cadavérica chamada Gruvella, me encarava o tempo todo com seus olhos cor de leite desnatado, como se eu estivesse prestes a roubar alguma coisa. Como se fosse possível; nada daquela loja me servia, nem mesmo as luvas sem dedos. Por fim, Mel saía de trás da cortina listrada de preto e branco, girando, enquanto eu a observava da cadeira com apoio de braço em forma de garra, e batia palmas, dizendo: "Ficou linda, maravilhosa!".

— Ainda lembro daquele vestido preto de manga boca de sino que você comprou lá. Aquele que você usou no baile com a meia-calça de aranha.

— O Bella? Nossa, eu tinha esquecido desse vestido. Caramba, amiga, que memória.

A garçonete traz nossa comida. Se esqueceu de deixar meu molho à parte, como sempre. Aliás, quer saber? Sério mesmo? Acho que ela faz de propósito só pra foder com a minha vida. Aviso, e ela diz que pode trocar, se eu quiser. Então peço para fazer isso, *por favor*, e digo para Mel começar a comer sem mim.

— Ela parece bem irritante — Mel diz. — Quase sádica.

— Quem, a Lombriga Desnutrida? Nossa, total.

Digo para Mel que estou começando a achar que ela virou minha amiga só para se sentir bem. Se sentir *extraminúscula*. Que talvez até tenha tesão nisso — comer horrores na minha frente enquanto não como nada e ainda comentar que eu não como nada enquanto continua comendo horrores.

— Acho bem possível — Mel diz. Ela pega o garfo e a faca, mas logo os coloca de volta sobre a mesa. — Fico mal de começar a comer sem você. Tem certeza de que não quer pelo menos umas batatinhas enquanto espera?

Digo que é melhor não. Ando escorregando demais na dieta ultimamente.

Mel morde um pedaço do enroladinho de presunto.

— Você me parece a *mexma* — ela diz. — Até *maix* magra.

— Bem que eu queria, amiga, mas acho que estagnei. E logo vou viajar pra ver o Tom.

— Não acho certo você fazer isso por causa dele.

— Não é por ele. É só pra ter uma data em mente. Um objetivo, sabe?

Mel continua comendo o enroladinho.

— Tô fazendo isso por mim — acrescento.

— Então tá. Porque ele deveria te amar do jeito que você é.

— Ele ama.

— Então tá. — Mel assente e dá outra mordida no salgado. — Fico feliz que você finalmente tenha dado certo com um desses caras da internet. Tive medo de ser outro maluco. Tipo aquele cara da novela que andava de cadeira de rodas. Jesus, qual era o nome dele mesmo? Um nome ridículo. Blair, sei lá.

— Blake.

— E aquele outro lá do Colorado que jurava que já tinha namorado modelos internacionais? Além de perdedor era um mentiroso do caralho.

— Pois é — digo, cortando um pedaço de alcachofra. — E você? Como estão as coisas com o Henry?

Mel faz uma careta.

— Na mesma. Não quero falar disso, tudo bem?

— De boas. Bem... tem odiado alguém ultimamente?

Mel corta um pedaço grande do enroladinho. Depois diz que muitas pessoas a irritam. Irritam *de verdade*. Mas não; nenhuma delas é digna de ódio. Odiar exige muita energia, e ela anda cansada demais.

— Te entendo — digo. — Também ando exausta.

Falando nisso, Mel diz que tem aula amanhã cedo. Pergunto se quer que eu a leve para casa depois do jantar, mas ela diz que não precisa. De verdade. Digo que posso pelo menos levá-la até a estação mais próxima, porque odeio a ideia de ela pegar dois ônibus sozinha.

É um trajeto longo até Misery Saga, e, além disso, sinto que a gente quase nunca se vê. Como se ela tivesse sumido da face da terra.

— Não *sumi*, vai — Mel diz. — Mas entendo. Também sinto que a gente quase nunca se encontra.

No caminho até a estação, para fazê-la rir, conto para Mel sobre Agressivamente Pelada, uma mulher da minha academia que faz toda a sua rotina pós-treino pelada. Escova o cabelo pelada. Usa a chapinha pelada. Passa maquiagem pelada. Põe os anéis, o colar e até as pulseiras pelada. Só depois de estar completamente produzida é que veste as roupas.

— Não é insuportável?

— Demais — Mel concorda.

— Nossa, não acredito que esqueci de te contar. E ela tem um corpo que, sério, é de outro mundo. Tipo, eu *sabia* que ela não falava inglês só de olhar o corpo dela. Sabia que, quando abrisse a boca, ia sair algo tipo dinamarquês.

— Ai, Meu Deus, para — Mel diz, fingindo tapar os ouvidos. — Cala essa boca, vai.

Assim que chegamos à rodoviária, insisto para que Mel fique no carro comigo até o ônibus chegar. Ela tira o passe do ônibus da bolsinha de moedas, já deixando tudo pronto. Digo que adoro a carteira dela, mesmo que não tenha nada de especial. É só uma bolsinha de moedas. Couro preto com zíper.

Pergunto de novo se ela tem certeza de que não quer que eu a leve para casa, porque pegar ônibus é um saco. Mel diz que não se importa, *mesmo*, que desde que voltou a morar com a mãe, o ônibus virou o momento dela. Antes, o momento dela era ler um romance de fantasia sombria enquanto ouvia a um *dark wave* etéreo no iPod. Me conforta saber que, nesse sentido, ela nunca mudou.

Sei que Mel não gosta da maioria das coisas que ouço hoje em dia, mas tenho uma playlist no carro só com músicas que ouvíamos juntas, e a coloco para tocar. A faixa da vez é "Annwyn, Beneath the Waves", do Faith and the Muse. Faz tempo que não a escuto, mas agora aumento o volume.

— Amo essa música — digo, olhando para ela. Mel não responde. — Lembra da primeira vez que vimos esses caras ao vivo?

Ela sorri, olhando para o para-brisa.

— Lembro.

— Lembra como chegamos na porta às três da tarde porque achamos que ia ter uma fila gigantesca, mas só tinha nós duas? Ficamos lá horas e horas, esperando sozinhas na calçada. Ninguém apareceu até umas sete da noite.

— A gente sempre chegava cedo demais pra conseguir mesa.

Penso em como ficávamos lá a tarde toda, derretendo no sol, ouvindo sem parar o álbum que íamos ver ao vivo, cada uma no seu próprio discman. Eu suando litros no look mais gótico que conseguia improvisar no meu tamanho — geralmente uma meia-arrastão usada como blusa, por baixo de uma camisola preta da minha mãe —, e Mel toda montada em um de seus visuais de sereia sombria, de batom preto, sombra vermelha e maquiagem três vezes mais dramática que a minha.

— Éramos muito fofas — ela diz, com toda a sinceridade do mundo.

Quero conversar mais, mas Mel avista o ônibus vindo ao longe, então só me despeço e falo que depois mando mensagem. Ela já está fora do carro, correndo até o ponto.

Mais tarde, enquanto me avalio na frente do espelho, parece que há muito mais verdades com as quais preciso lidar. Às vezes isso acontece. Essas verdades dependem muito da iluminação. Não da intensidade, mas de como a luz me atinge, de como destaca certas partes.

Faltam três semanas e três dias para eu viajar. Tom acabou de dizer que me ama. Disse que me ama desde a primeira vez que me viu no Underworld. Quando o vi pela primeira vez, lembro de pensar que eu devia ser pelo menos três vezes o tamanho dele; ele era tão magro e pálido, parecia que mal existia, como um fantasma, um rapaz feito da matéria dos sonhos. Lembro de achá-lo lindo, mas quase não olhei para ele. Na verdade, olhei tão pouco que, quando não estávamos juntos, não conseguia me lembrar mais do rosto dele. Na minha memória, seus traços eram fugidios, vagos. Os olhos dele continuavam mudando de cor, tipo naquela música do New Order, mas ele jura que me ama desde então. Diz que se apaixonou por mim antes daquela noite, antes mesmo de me ver. Diz que me amava desde 103 dias atrás, quando passamos de chats sobre música para conversas por telefone sobre música, em que eu ficava aqui, no meu apartamento minúsculo, com o telefone apoiado no pescoço suado, enumerando os motivos pelos quais amava essa ou aquela banda, esse ou aquele livro, esse ou aquele filme, e ele fazia o mesmo. Ou antes disso ainda, quando tudo que eu era para ele era um post sarcástico em um fórum qualquer da internet, publicado às três da manhã, que ele sentiu que *precisava* responder. Isso foi quase um ano atrás. E quase um ano atrás, eu estava bem mais longe do meu objetivo. Provavelmente pesava o mesmo que a Mel pesa agora, mas hoje sou quase metade dela.

Depois de registrar meu progresso, me deito na cama do meu apartamento, pensando na Mel enquanto como uma barra de chocolate 72% cacau, quadradinho por quadradinho. Imagino-a na casa da mãe em Misery Saga, cercada por aquelas orquídeas exóticas. Imagino-a subindo os degraus que rangem até o seu quarto de infância, pintado de vermelho-sangue, rodeada por paredes cheias de romances de fantasia sombria e pilhas e mais pilhas de CDs góticos, cuja ordem eu costumava saber de cor. Com uma das mãos na barriga, imagino Mel deitada de costas na cama estreita demais — onde dormimos juntas tantas noites na adolescência —, e o colchão de solteiro afundando sob o peso dela, a luz da lua recortando sua silhueta, o suave sobe e desce da barriga imensa, seu leve ressonar… até meus olhos se fecharem.

De manhã, quando subo na balança, me preparo para ver o ponteiro subir (por causa do chocolate), mas, para minha surpresa, ele desceu.

A manhã no escritório é a mesma chatice de sempre. Estou no tedioso processo de abrir correspondências enquanto tomo café preto. Lombriga Desnutrida está agendando compromissos e, ao mesmo tempo, fingindo que come escondido um *kardemummabullar*, um bolinho sueco de cardamomo, na mesa dela. Ela faz isso de propósito, achando que vai me fazer rir, tipo "Olha só que porca gorda, ela nem consegue esperar a hora do almoço". Antes de cada mordida triunfante, ela amassa exageradamente o saco de papel e olha para os lados de forma teatral. Está usando um vestido retrô dos anos 60, bem curto, com botas brancas a go-go, um look que parece saído direto dos meus piores pesadelos. Quando percebe que estou olhando, dá um tchauzinho, com as bochechas estufadas de *kardemummabullar*. Aceno de volta, e o ódio que sinto é um buraco sem fundo. Esse ódio poderia afogar nós duas. Ela engole e mexe os lábios formando a pergunta: "Almoço?". Acabo concordando, apesar de tudo.

Naquela foto do meu pai comigo — aquela em que sou miúda como a garota que odeio, aquela em que ele olha para mim com tanto amor e incompreensão, aquela tirada antes de ir embora, antes de eu crescer e me tornar tão gorda quanto minha mãe —, estou olhando direto para a câmera. Talvez tenha sido a última vez que olhei para uma lente e sorri sem reservas, sem sentir vergonha. Ele me mostrou essa foto recentemente, quando nos encontramos para um almoço tenso no meu último aniversário, quando eu estava no auge da minha gordura, antes de conhecer o Tom e de começar a emagrecer. Ele colocou essa foto num álbum e me deu de presente, presumivelmente para me mostrar que eu nem sempre fui gorda.

— Olha só, tá vendo? De onde veio isso? Só pode ser culpa da sua mãe. — Só podia ser culpa dela. — Quem tinha problemas com a balança era *ela*. Não você. Olha essa foto.

Mas tudo que eu conseguia ver era o adesivo colado acima da foto: "Bons momentos a cada momento". Eu simplesmente não conseguia imaginar meu pai comprando esse adesivo, muito menos colando-o num álbum. O que significava que não havia montado o álbum sozinho. Provavelmente pediu para alguma das secretárias-amantes dele fazer isso. Ou talvez tenha sido só uma estagiária — como eu e a garota que eu odeio.

Meu celular vibra. Recebi uma mensagem dela:

"Orgia de abacaxi no Kilimanjaro! Om-nom-nom-nom!!!! }8D."

Já comi lá com ela antes. É uma lanchonete que não tem absolutamente nada a ver com a África, apesar do nome e da decoração. Lá, vou me sentar debaixo de uma foto preto e branco de garças no Serenguéti, e assistir enquanto ela devora um panini monstruoso de presunto e queijo gruyère com chutney de abacaxi, entorna um smoothie de manga, morango e abacaxi, e depois dá fim em uma fatia de bolo de abacaxi.

Até a garçonete colocar o bolo na frente dela, eu vou ter comido metade do meu wrap vegetariano, mesmo tentando mastigar na velocidade de uma tartaruga. Quando ela cortar o bolo, minhas mãos já estarão vazias. E, com a boca cheia de sobremesa, ela vai soltar algo sobre o fato de eu ter comido só metade do sanduíche. Talvez até aponte. Talvez estenda a mão por cima da mesa e aponte para a outra metade da minha comida — triste e intocada. E terei que soltar alguma desculpa constrangedora sobre querer guardar para mais tarde, embora nós duas saibamos que isso é mentira. Talvez até peça para embalar para viagem, mas isso não vai enganar ninguém. Ela só vai olhar para mim com aquela expressão de "Hã?", enfiar mais um pedaço de bolo na boca e continuar mastigando.

Então respondo à mensagem com ;D e, enquanto faço isso, o ódio dentro de mim se remexe, abre as asas, espalha-se e torna-se quase elétrico, como o amor.

6

Exigente demais

Um dia desses ainda mato a Trixie. Tenho meus motivos. Consigo ouvir a voz esganiçada dela atendendo outra cliente do lado de fora do provador, que, aliás, não é nem uma porta de verdade, mas uma cortina. Uma cortina vermelho-escura, tipo um portal lynchiano que dá direto para o inferno. Do outro lado, Trixie está dizendo para uma mulher que, com umas botinhas fofas, aquela saia poderia ficar super fofa. Ou uma blusa fofa! Que tal uma blusa fofa? Que tal uma blusa fofa *e* botinhas fofas?! Ia ficar tão fofo.

Algo dentro de mim se revira toda vez que escuto Trixie dizer a palavra *fofo*. Meus ombros tocam minhas orelhas. O calor sobe pelos meus braços. E eu fico ali, atrás da cortina, apavorada, só esperando pelo momento em que a voz estridente dela vai se voltar para mim. Porque é só uma questão de tempo. O vestido azul-calcinha que ela escolheu está estrangulando os meus peitos, e ela vai querer ver isso de perto a qualquer instante. Ouço o clique apressado dos saltos, o farfalhar de um cabelo cheio de mousse, a mão de unhas longas puxando a cortina.

E então:

— E aí, tudo bem por aqui?

— Sim.

Qualquer outra pessoa se sentiria ofendida com o meu tom. É péssimo, grosseiro, e eu nunca o uso com ninguém — exceto com Trixie, apesar de ela nem se abalar.

— Ok — diz ela. E depois: — Posso ver?

A voz dela atinge um tom estridente absurdo no *ver*. Chega a reverberar nos meus dentes.

— *Não*.

Porque a Trixie nunca ajuda. Graças a ela, já fiz inúmeras compras das quais me arrependo profundamente.

— Não? — ela repete.

Ela sabe que meu "não" não deve ser levado a sério. Ela sabe que é o "não" teimoso de uma criança fazendo birra porque não quer brincar. E, sejamos honestos, quando o assunto é comprar roupa, eu sou conhecida por ser insuportável. Minha mãe dizia isso o tempo todo: "Você tem uma atitude horrível. Você complica tudo à toa". E, agora que comecei a emagrecer, ela parece achar que qualquer coisa fica bem em mim e, por isso, perdeu completamente a paciência com as minhas reclamações.

Trixie me chama, "Vamos, quero ver", insistindo para que eu deixe o provador. Então eu saio. Puxo a cortina e paro diante do espelho, sob aquela luz branca de trilho. Trixie está pairando atrás de mim.

Ela me examina de cima a baixo, inclinando a cabeça para o lado.

— Fofo — diz. Porém isso não significa nada. Para Trixie, até o apocalipse seria fofo. A Terra devastada. Cavalos negros galopando com espuma na boca. A sombra da Morte segurando uma foice e cobrindo-a com seu manto de fim. Uau, superfofo.

Mas esse vestido? Nem fodendo. Há espaços enormes entre os botões da frente porque meu peito está repuxando o tecido em direções opostas. Quando mostro isso, Trixie franze o nariz e faz uma cara preocupada, meio confusa. Eu enchi o céu azul que ocupa a cabecinha dela de nuvens negras e carregadas. Não é a primeira vez que isso acontece.

— Você não tá vendo esse vão aqui? — pergunto, apontando para o meu peito.

— Na verdade não — diz ela.

Como Trixie pode estar tão desesperada para ver, se nunca enxerga nada?!

— *Aqui?* Bem *aqui?* — pergunto de novo, cutucando meu próprio peito sufocado pelo vestido. Não é possível que ela não esteja vendo isso.

Trixie força os olhos, finge que analisa a situação, balança a cabeça meio confusa... e então, de repente, os olhos dela brilham.

— Sabe o que *eu* faria?

E esse é o lance da Trixie. Ela sempre tem uma solução.

— Eu colocaria um colar. Um colar fofo! Com um pingente bem aqui pra cobrir essa parte?! Ou um lenço! Que tal um lenço amarrado bem aqui? — Ela gesticula sobre o vão entre os botões. — Quer que eu pegue um lenço pra te mostrar?

O que eu queria dizer para a Trixie era:

"Trixie? Por que eu venho aqui? Por que eu me submeto a essa humilhação? Eu não mereço isso, Trixie. Eu comi peito de peru enrolado em alface hidropônica por um ano inteiro. Eu comprei uma Gazelle. Você sabe o que é isso, Trixie? É um aparelho de cardio, que mistura treino de esteira e treino elíptico. Eu virei uma Gazelona."

Mas então olho para ela piscando empolgada para mim, com seus cílios postiços ridiculamente longos, e percebo que ela jamais entenderia.

Por isso, suspiro e digo:

— Me mostra o lenço, vai.

E Trixie sai saltitando para buscá-lo.

Ao meu lado, outra mulher está sendo atendida por Trixie. Ela tem uma bunda enorme e está vestindo um jeans apertado demais. É óbvio que foi Trixie quem escolheu aquela calça. Neste exato momento, ela está puxando a mulher para fora do provador e a arrastando para debaixo daquelas luzes cruéis — que só caem bem nela e em mais ninguém.

No meio do caminho para buscar meu lenço, Trixie olha mais uma vez para ela, com os pneuzinhos escapando pelo cós apertado do jeans, e solta um:

— Uau, que fofo!!!

A mulher olha desconfiada e pergunta:

— E a minha bunda?

E Trixie responde:

— Que tal um cinto? Tipo, um cintão bem grosso! E umas botinhas fofas?

Com um cintão e umas botinhas fofas, ela estaria à salvo da própria bunda. Aproveitando que foi buscar os lenços, Trixie também vai pegar uns cintos.

Mas essa mulher não é como eu. Ela é grata. Ela acredita nas soluções de Trixie. E fica ali, esperando pacientemente pelos cintos, girando para um lado e para o outro, se convencendo de que sua bunda não está explodindo para fora.

Mas está, e esse é problema.

Agora Trixie está amarrando o lenço no meu pescoço como se fosse um nó frouxo de forca. Sinto meu peito ficando vermelho, quente e empipocado debaixo das mãos dela. Ela está perto demais. Posso sentir todos os cheiros dela: produtos de cabelo, comida grega, e um entusiasmo que beira a agressividade.

A estampa do lenço não combina nem um pouco com o vestido. Estou prestes a comentar isso, mas Trixie já prevê minha reclamação e me interrompe.

— Isso é só pra você *ter uma ideia* — ela explica, dando voltas no lenço. — Só pra você *ter uma ideia*.

Enquanto amarra, ela me arranha sem querer com uma unha.

— Ooops, perdão.

O lenço cobre o vão entre os botões do vestido, mas, fora isso, fica ridículo. Como eu já sabia que ficaria.

Mas Trixie está radiante consigo mesma. Como se tivesse acabado de resolver a equação do século. Como se, ao amarrar esse lenço que não combina em absolutamente nada com o vestido, ela tivesse descoberto a solução para todos os problemas da minha existência.

— Viu?

— Aham — digo, puxando o lenço como se estivesse me sufocando. — O negócio é que eu não quero ter que usar um lenço pra usar o vestido. Nem um colar. Nem qualquer outra coisa. Eu só quero...

Trixie levanta uma sobrancelha perfeitamente desenhada, esperando.

— Eu só quero, sei lá... usar o *vestido*.

— Ah — ela diz, franzindo a testa. De certa forma, ela me olha como se, considerando meu tamanho e tudo mais, talvez eu seja exigente demais.

Arranco o lenço do pescoço, expondo de novo o vão entre os botões. A outra mulher, a da bundona e dos jeans apertado, que está sendo convencida a usar cintos, me olha como se eu estivesse começando um motim.

— É apertado demais, né? Quer dizer, fala a verdade.

Meus olhos dizem:

"Vamos lá, Trixie. Admita. Pelo bem de nós duas."

Ela sorri, olha para os lados como um animal enjaulado e, bem sutilmente, olha nos meus olhos e assente de leve com a cabeça. É um movimento quase imperceptível, como se fosse proibido ser honesta, mas ela estivesse disposta a abrir uma exceção só dessa vez.

Mas então acrescenta, em voz alta:

— Acho que não. Ficaria fofo se você usasse um lenço, mas você não quer usar, né? Então...

Trixie dá de ombros. Como se esse fosse o último truque na manga dela.

Em seguida, gira nos saltos e sai trotando para pegar mais cintos para a mulher da bunda gigantesca.

E, de repente, eu me sinto abandonada. Descartada. Jogada fora como um vestido que não veste bem. Então, de um momento para o outro, eu quero estar de novo sob a luz dos olhos de Trixie. Quero que ela me peça para dar uma voltinha. Quero que olhe para mim com aqueles olhos onde tudo pode dar certo, onde é só uma questão do acessório certo, da atitude certa. Quero que me olhe com os olhos da minha mãe.

Enquanto Trixie se afasta, ela coloca a mão no ombro da mulher grandalhona e dá uma apertadinha reconfortante, garantindo que já já volta com os cintos. E a mulher reluz, alimentando-se da atenção de Trixie.

— Magina, sem problemas, querida — diz ela, com olhos cheios de amor, virando-se mais uma vez para admirar aquela bunda horrorosa no espelho.

7

O QUE MINHA MÃE ACHA SEXY

ESTA NOITE MINHA MÃE me enrolou em um pedaço de tule turquesa de uma alça só e barriga de fora, um modelito que comprou na The Rack. Achou que o look combinava com uma calça jeans de cintura baixa, bem justinha, e sandálias cor-de-rosa de salto alto, que são meio que o equivalente a uma versão calçável de uma calcinha fio--dental.

— Não sei não — digo, fazendo cara feia para os tentáculos que brotam do meu ombro esquerdo.

Estamos num restaurante de frutos do mar porque minha mãe acha que peixe é o segredo para o meu emagrecimento. É um restaurante turístico, na Costa Oeste, bem na orla da cidade para onde se mudou recentemente. Escolheu uma mesa na janela, para poder ficar de olho nos amigos que estão para chegar. Minha grande faixa de barriga à mostra parece um alarme que ninguém se deu ao trabalho de desligar, e meus pés, por baixo da mesa, são como as estrelas de um pornô xexelento. Meus ombros e meus quadris ainda estão formigando nos lugares em que ela cortou as etiquetas com uma faca de manteiga. "Mãe, essas roupas são ridículas", é o que eu deveria ter dito. "Parecemos duas palhaças. Eu sei me vestir sozinha. Tenho 26 anos." Mas, em vez disso, digo apenas:

— Você não acha que isso talvez seja... exagerado demais?

Minha mãe está do outro lado da mesa, sentada sob uma rede de pesca cheia de crustáceos de plástico, me observando enquanto finjo que a cesta de pães e o patê de siri que serviram como aperitivo não existem. Meus dedos estão trançados sobre o prato vazio. Ela me analisa, passando os olhos pelos tentáculos de tule e pela barriga exposta, e diz:

— Como assim "exagerado demais"? Exagerado *onde*? Tá linda, confia em mim.

Ela remexe distraída na cesta de pães.

— Os sapatos. — Balança a cabeça. — Nossa. Me mostra eles de novo?

Tiro um pé de baixo da mesa e o balanço no ar.

— Vão surtar quando te virem, Elizabeth. Vão *surtaaaar*.

— Tá machucando meu pé.

— Aguenta só um pouquinho. Por mim.

Observo enquanto minha mãe espalha uma camada generosa de patê de siri no pão. O rosto dela está avermelhado, os olhos possuídos por um brilho sobrenatural. Quase pergunto se ela chegou a checar o nível de açúcar no sangue hoje. Em vez disso, olho pela janela para os vendedores jogando peixes no ar, para as mulheres vietnamitas arrumando as flores com suas mãos delicadas. Despejo um montinho de sal sobre a mesa e começo a desenhar nele usando os dentes do garfo — minha mais nova forma de *comer sem comer*.

— Então, quem vou conhecer hoje à noite mesmo?

— Ah, só umas pessoas do trabalho — ela diz, espanando migalhas da frente do vestido. Ela se mudou para cá para um emprego corporativo, bem mais bem pago que os cargos medianos em hotelaria que ocupou durante a maior parte da *minha* vida. — Dawn, Pam, Denise. E mais uns gatos-pingados.

— Beleza — digo, desistindo do sal e encaixando um cigarro entre os lábios enquanto procuro pelo isqueiro na bolsa. Minha mãe aproxima a chama da vela até a ponta do cigarro.

— Mas vê se não senta assim.

— Assim como?

— Assim, toda esculhambada.

Ela me imita, inclinando-se para frente e arqueando os ombros, e suas bijuterias tilintam com o movimento. Hoje ela decidiu usar o kit vermelho: anéis vermelhos, colar vermelho, pulseiras vermelhas. Só faltam os brincos gigantes, que ela acabou de pendurar nas minhas orelhas no banheiro porque sentia que estava "faltando alguma coisa".

Olho para ela minuciosamente, desde o cabelo espetado até os braços volumosos escondidos debaixo de camadas e camadas de renda. Palavras de revolta sobem pela minha garganta. Engulo uma por uma.

E me endireito.

— Essa aqui é a minha filha! — ela anuncia quando seus amigos chegam, me exibindo como se eu fosse o prêmio de um programa de auditório e ela a apresentadora. — Ela tá só de passagem, a caminho da casa do namorado... ops, do noivo! Vocês lembram, né? Já falei dela antes.

— Que estilosa! — comenta uma das amigas.

São cinco delas, não três. Sorrisos finos como hóstias. Me olhando de um jeito que me faz querer arrancar o xale da minha mãe e jogar sobre meus ombros nus. Ou pelo menos cruzar os braços sobre minha barriga exposta, mas ela nunca me perdoaria por isso. Então, só sorrio.

— Não é? — minha mãe diz, alegre feito pinto no lixo. E, antes mesmo das palavras saírem de sua boca, eu já sei o que vem a seguir: — Mostra pra elas.

— Vai, levanta. Deixe elas verem você direito. — Ela ergue as mãos, como um pastor trazendo almas de volta à vida, as pulseiras de contas de vidro retinindo contra os pulsos. — Vira um pouquinho pra elas verem as costas.

Eu me levanto e dou uma volta, com os braços meio erguidos, cambaleando de leve. Os tentáculos turquesa balançam ao meu redor. Continuo fazendo isso até ouvir um "Linda!" escapar da boca de Dawn, como um arroto.

— Não é? — diz minha mãe.

"Não é?" Essa é minha deixa. Desabo de volta na cadeira, os tentáculos da blusa ondulando antes de se acomodarem. Eu e as mulheres trocamos sorrisos constrangidos. Dou um longo gole na minha Coca Diet, observando minha mãe de canto de olho; seu rosto retorcido de orgulho, as feições todas amarradas em pequenos laços de satisfação.

— Mostra o bíceps pra elas — ela solta.

— Mãe. Não. — Protesto, como se eu estivesse acima desse tipo de coisa; quando, na real, a primeira coisa que fiz quando desci do avião foi mostrar os meus bíceps para a minha mãe.

"Olha!"

"Tô vendo, tô vendo!"

— Agora ela malha sem parar — minha mãe continua. — Tive que matricular ela na academia aqui do lado, senão nem vinha me visitar.

— *Mãe*, isso não é verdad…

— E caminha também. Duas, três vezes por dia. À beira do lago. — Ela marcha os dedos no ar, o indicador e o médio simulando minhas pernas. — E é rápida, viu? Já fui com ela algumas vezes, mas não consigo acompanhar.

— Consegue sim — digo, lembrando do exato momento em que avancei pela trilha fingindo não ouvir minha mãe perder o fôlego atrás de mim. Mantive os olhos fixos à frente até a culpa me obrigar a olhar para trás. Ela estava a uns bons metros de distância, com as costas largas subindo e descendo, fingindo examinar conchinhas na areia.

— Também, com essas pernas — ela diz, lançando um olhar para os meus saltos agulha. — Não tenho a menor chance contra essas pernas.

Fingindo olhar pela janela, encaro apenas minha própria silhueta desmoronada, ombros cobertos de tentáculos, enquanto minha mãe gesticula loucamente e suas colegas assentem com ar indulgente. Então peço licença para ir ao banheiro, ciente de que todos os olhos se voltam para mim enquanto me afasto, meio cambaleante, da mesa.

— Você estava ótima, simplesmente ótima — minha mãe diz mais tarde, enquanto passeamos pela feira de braços dados. Ela me guia pelas barracas como se estivesse me levando ao altar, encantada com o fato de eu ser imune à fartura ao nosso redor. Adora observar a maneira como torço o nariz e balanço a cabeça para tudo, exceto uma maçã e um pouco de peixe para mais tarde. Enquanto isso, ela se serve de punhados de qualquer amostra grátis que apareça pelo caminho. Paramos na peixaria, onde compro cem míseras gramas do bicho mais fresco que tiver. Ela espera, me observando, e sinto a chama de seus olhos chamuscando o meu perfil.

— Sabe aquela hora que você foi ao banheiro? Elas não paravam de falar sobre como você é linda. Não paravam.

— Que legal.

— Isso não é só "legal" — minha mãe corrige, me conduzindo até as bancas de flores, onde me presenteia com um buquê de lírios. "Para minha filha", ela diz à vendedora atrás dos baldes de zinco transbordando de flores. Sorrio. Sim, a filha sou eu. Observamos a mulher juntando os caules das flores enquanto minha mãe esfrega meu ombro nu como se estivesse tentando invocar o gênio da lâmpada.

— Que tal amanhã à noite? Você pode me encontrar no trabalho. E aí, de lá, a gente vai naquele restaurante de mexilhões.

Ela se vira para me observar, esperando minha reação, mas continuo olhando fixamente para a estrada à frente. Estamos no carro voltando para casa, e o vento da rodovia chicoteia meu cabelo contra os olhos, fazendo-os lacrimejar. Estou tentando acender um cigarro, mas a única coisa em que consigo botar fogo são minhas pontas duplas.

— Cuidado — minha mãe diz.

Ela alugou um conversível vermelho especialmente para a minha visita.

"É que eu quero sentir o vento no cabelo", ela havia dito antes, alisando os fios espetados cobertos de pomada preta, que continuariam imóveis mesmo debaixo de uma ventania.

— Por que não posso simplesmente te encontrar no restaurante? — pergunto.

Ela fecha os olhos e suspira como se eu tivesse acabado de esgotar todas as suas energias.

— Só me encontra no trabalho e pronto. Tá bom? Faça um esforcinho por mim. Pode ser?

Um *bandage dress* rosa-chiclete, ou melhor, rosa-Pepto-Bismol. Ela o havia deixado sobre a cama antes de sair para o trabalho naquela manhã. Fico parada no batente da porta, encarando aquela coisa, vestindo apenas a calcinha cavada que ela me comprou outro dia, um cigarro se desfazendo em cinzas entre meus lábios, minha maçã matinal na mão.

Passo a tarde toda desafiando Mick Jagger, o obeso gato abissínio dela, a pisar no vestido, mas ele se recusa. Nem quando o pego no colo e o coloco bem em cima. Outro dia, ela tirou fotos minhas usando essa roupa com uma máquina fotográfica descartável. Algumas apoiada contra o fogão, cercada por todos os lados dos acessórios de cozinha temáticos que ela coleciona; outras na varanda, rodeada de vasos de flores roxas moribundas, com o lago brilhando atrás de mim. Em todas elas, pareço uma solução presunçosa, porém duvidosa, para dor de barriga. No chão, perto dali, vejo que ela também separou um par de sandálias baratas de tiras: cor de vômito iridescente.

— Jesus Cristinho — minha mãe diz, balançando a cabeça quando, mais tarde, cambaleio em direção a ela usando aqueles sapatos tom de gorfo.

Ela vai até seu cubículo pegar um isqueiro e queima a presilha plástica da etiqueta com o preço porque me esqueci de tirar em casa ("Por que é que você *sempre* esquece esses detalhes?", os olhos dela parecem dizer).

Depois me faz trocar de batom.

— Melhor — ela diz. — Mas tira um pouco do excesso. Mais um pouco. *Isso.*

Ao me virar para mostrar a parte de trás do vestido, esbarro na mesa e faço os mexilhões chacoalharem dentro das tigelas. Ao contrário do grupo de ontem, esse é composto quase inteiramente de homens. Quase perco o equilíbrio ao virar de volta, mas um deles me segura firme.

— Opa — ele ri. — Cuidado aí. Elizabeth, não é? Sua mãe fala muito de você.

Me jogo de volta na cadeira, enfio um cigarro entre os lábios e sorrio meio bêbada para o semicírculo de chefes da minha mãe.

— Fala, é?

Ele me serve mais um copo de vinho branco, com os olhos descendo discretamente ao longo do *bandage dress*, enquanto minha mãe dá um tapinha no meu joelho debaixo da mesa.

— E ela agora deu pra dançar — diz para os chefes. Enquanto me cobria de uma nuvem de perfume Angel no banheiro do restaurante, acabou por me confidenciar que são tantos que já nem consegue distinguir quem é quem. — Dança do ventre, imagina! Não é, Elizabeth?

O olhar dela é como um chute na canela.

— Dança do ventre — confirmo, com o cigarro apagado pendurado entre os lábios.

Um dos chefes me serve de mais um drink, mesmo que eu já esteja tonta por causa dos outros dois.

— Que exótico — comenta a única mulher do grupo, ligeiramente azeda. — Talvez você possa ensinar uns passinhos pra gente um dia.

— Talvez.

— Ah! Dança pra eles! — minha mãe se empolga. — Ela dançou pra mim ontem à noite.

Ela faz uma imitação desajeitada de braços de serpente, fazendo as mangas da blusa de renda descerem até mostrarem os antebraços. Ela as puxa de volta para o lugar e continua a abrir mexilhões.

— Não dançou?

— Aham.

Não sei o que me deu para rebolar na frente dela ontem à noite, enquanto estava afundada no sofá florido, com a palma da mão firmemente plantada no apoio de braço e Mick Jagger miando no colo amplo. Eu devia estar louca.

— Eu adoraria ver — afirma um dos chefes.

— Tem espaço aqui — outro fala, apontando para o lado dele.

— Ela é meio tímida — minha mãe diz, esfregando minhas costas vigorosamente, e depois dando tapinhas gentis.

O chefe que adoraria ver me dá um sorriso que pisca como o giroflex de uma viatura.

— Pois não deveria ser.

Depois de um tempo, graças a Deus, eles esquecem que existo. Vejo mãos peludas entrelaçadas sobre montanhas de conchas negras brilhantes e vazias. Todos parecem bêbados enquanto falam do trabalho. Já não enchem meu copo. Olho pela janela em busca do mar, mas tudo o que vejo é meu próprio reflexo oscilante. "Quem é você e o que fez com a minha filha?", minha mãe disse mais cedo, na feira, quando pedi cem gramas de peixe para o vendedor. O pacotinho ainda está na minha bolsa, junto de uma maçã para comer mais tarde.

"Sério, quem é você?"

No reflexo da janela, vejo que minha mãe já não faz mais parte da conversa. Ela só assente e murmura "É mesmo" de vez em quando, mas, pelo canto do olho, está me observando acender um fósforo com uma mão só.

— Quero um desses — ela diz agora, do outro lado da mesa, olhando para o meu maço de cigarros.

Ergo os olhos para ela. O cabelo preto recém-cortado, espetado como se Liz Taylor tivesse encontrado um ouriço-do-mar. Cada fio impecavelmente lambuzado de pomada. A pele perfeita de Branca de Neve que sempre invejei. A boca cor de ameixa, carnuda como a de um peixe. Olhos cheios de estranhas fagulhas douradas, o esquerdo levemente estrábico. O formato esquisito do nariz fino, quebrado por uma bola de beisebol quando era criança. Minha mãe sempre desprezou a beleza do próprio rosto. Quando alguém a chama de bonita, ela só balança a cabeça, abana a mão, com os lábios de peixe se curvando para um lado. Tipo, "Tanto faz, Foda-se, Vamos mudar de assunto, por favor".

Estendo o maço de cigarros para ela mesmo sabendo que não deveria. Os problemas de coração, a água nos pulmões — e imagino que eu não saiba da missa a metade. A maneira como segurou o corrimão da varanda ontem à noite. Respirando como se estivesse se afogando.

"Você tá bem?", perguntei do sofá.

"Tô, tô."

"Tem certeza?"

"Confia em mim."

— Pode se dar ao luxo de desperdiçar um? — ela pergunta agora, pegando um cigarro.

Não posso, na real. O maço está acabando. E o que mais me irrita é que ela nem traga de verdade, só dá umas baforadas. Mesmo assim, eu digo:

— Lógico.

Acendo o cigarro para ela usando o truque de uma mão só. Ela dá uma leve encolhida.

— Obrigada — diz, soprando a fumaça como se fosse um charuto.

Volta a acenar para um dos chefes dela, Rich, que agora pergunta se já saímos para velejar alguma vez.

— Nunca — minha mãe mente, me vigiando pelo canto do olho.

— Nunca?! — Rich reage, escandalizado.

Ah, isso precisa ser consertado. Esta é a única maneira de conhecer de verdade a cidade. E ele tem um barco. Será que não estaríamos interessadas em dar uma volta?

Claro que estamos.

* * *

Na volta para casa, ela pega uma saída inesperada do trajeto e passa no drive-thru do Wendy's para pegar um milk-shake grande.

— Quer alguma coisa?

— Coca Diet com muito gelo… muito gelo *mesmo*.

— ELA QUER COM MUITO GELO MESMO! — minha mãe berra na janelinha do drive-thru. Depois se vira para mim: — Rich adorou você, sabia? E ele é um cara difícil de agradar. Trabalho pra ele há um ano e ainda não faço ideia do que pensa de mim.

— Provavelmente só tava sendo educado — digo.

— As pessoas não falam certas coisas só por falar. Podem falar um monte de besteira, mas não daquele jeito. Não como disseram — insiste.

Ela para o carro no estacionamento do Wendy's e come a sobremesa se sentindo meio culpada, enquanto eu balanço no banco do passageiro, tonta de vinho, segurando a Coca Diet como se ela fosse um salva-vidas. Não menciono a diabetes. Não pergunto sobre os níveis de açúcar no sangue. Apenas deixo minha mãe comer, encostando a borda gigante do copo nos lábios dela.

Ela suspira, balança o copo para mim.

— Isso aqui não pode ser tão ruim, né? É só leite e gelo.

— É — digo. Fico olhando fixo para a estrada à frente.

Quando ela sai do estacionamento, percebo que está dirigindo bem devagar, apertando os olhos para a estrada.

— Por que tá dirigindo tão devagar?

Ela fica em silêncio por um tempo e então diz, olhando para o para-brisa:

— Não tô sentindo meus pés.

— Isso ainda tá acontecendo? — Me viro para encará-la, mas o perfil dela me parece inexpressivo. — Mãe? Isso *ainda* tá acontecendo? Você foi ao médico?

Ela balança a cabeça para o para-brisa.

— Vou ficar bem. Ainda consigo dançar amanhã à noite.

— Dançar? Acho que a gente devia pegar leve.

— É sua última noite aqui antes de o Tom chegar. Podemos ter um dia tranquilo na sexta. Só nós duas. Que tal?

O minivestido amarelo-banana que ela não usa desde que os Rolling Stones lançaram "(I Can't Get No) Satisfaction". Botas brancas até a coxa. "Eu tinha uns quinze, dezesseis anos naquela época. Caramba, eu tava um escândalo, você não faz ideia." A faixa de cabelo combinando está sobre o balcão, mas só coloco se ela me obrigar. "Paint It Black" pulando na caixinha de som da mesa de cabeceira porque "Precisamos de trilha sonora para este momento".

"Você é uma mulher adulta, tem direito de escolha", digo a mim mesma na frente do espelho. "Ai, deixa eu ver?", ela grita do outro lado da porta do banheiro. Fico encarando a dentadura dela, cheia de água e resquícios de comida, no copo de zumbi que mantém ao lado da pia. Minhas mãos apertam a bancada do banheiro. A pedra-pomes gasta no porta-sabonete, que ela esfrega com força nos calcanhares toda noite. Escuto o som através da parede, mas tento me convencer de que é outra coisa.

"Há quanto tempo você não sente os pés?", esta é a pergunta que não consigo fazer.

As cestas empoeiradas de sais de banho, géis e cristais espalhadas pela pia suja (só de enfeite) exalam um cheiro tão doce que chega a ser enjoativo. O ar aqui dentro é pesado, uma mistura de doença mascarada e do perfume Fendi que minha mãe borrifa no pescoço todas as manhãs. O cheiro me parece sufocante agora, mas sei que, depois que ela se for, se eu sentir um vestígio dele na rua, vou seguir o rastro.

— Deixa eu ver!

Olho para as camisolas manchadas penduradas no gancho prateado atrás da porta. Sinto a presença dela do outro lado, deitada de bruços na cama de latão, com o queixo apoiado nos punhos, me esperando sair. A mesma cama onde ficou deitada quando comecei a emagrecer, me observando girar dentro de seus terninhos Yves Saint Laurent e Dior (ambos vintage) — nenhum dos quais foi capaz de usar desde que teve a mandíbula fechada com arame após me dar à luz. Fez isso para perder o peso da gravidez. Por algumas semanas, tornou-se uma versão adoecida e sorridente de si mesma, mas depois voltou a ser quem sempre foi. Ainda assim, continua guardando esses terninhos monocromáticos no fundo do armário, pesados como cota de malha, cada um cheirando a uma mistura diferente de suor e perfume fora de catálogo.

"Vira" foi o que ela disse naquele dia, me assistindo modelar suas roupas no auge dos meus quatorze anos. Com o queixo apoiado nos punhos, balançando a cabeça, enquanto eu girava e girava para ela, sob os pôsteres de Marilyn e Audrey que ela mesma havia comprado, enquadrado e pregado nas paredes do meu quarto. Muitos anos se passariam até que eu trocasse todos eles por um mapa da Irlanda e um pôster da Tori Amos segurando uma espingarda numa varanda cheia de cobras.

"Mostra pra mim?", minha mãe continua pedindo, sem parar, da cama.

Depois, ela se senta comigo na varanda enquanto como minhas míseras cem gramas de bacalhau e dou goles no coquetel pré-balada que ela preparou especialmente para mim — um French 75, batido e coado em uma taça de cristal toda trabalhada, saída do fundo da cristaleira. No topo, para enfeitar, uma casca de limão espiralada com elegância.

— Sou ou não sou uma bartender de primeira?

— Você não vai tomar um? — pergunto.

— Hoje não. — Ela balança o refrigerante na taça de champanhe, só para dar um ar festivo. Então minha mãe me observa comer e beber, sentada entre os vasos de lírios-estrelados que vivemos esquecendo de regar, como se estivesse assistindo a um filme de suspense.

— O quê? — pergunto, ainda encarando o entardecer. O céu tem a cor de um pêssego amassado sobre o brilho do lago.

— Nada. Tá bom?

Dou de ombros.

— Tá.

— Que bom.

Ela não come, não bebe. Só observa. Cruza os braços. Descruza os braços. Abre e fecha a boca junto com a minha. "Sem pressa, filha. Aproveita."

— Então... logo o Tom tá aí, hein?

— Aham.

— Ele chega quando mesmo?

— Sexta à noite.

— Sexta à noite. Amanhã — ela diz. — Seu pai já conheceu ele?

— Não.

Ela parece gostar dessa resposta.

— E como ele tá?

— Bem.

— Deve estar orgulhoso de você.

Meu pai sempre achou que ser gorda era uma escolha. Quando eu estava na faculdade, às vezes o encontrava para almoçar ou tomar um café, e ele encarava minha gordura como se fosse um acessório esquisito que eu usava só para irritá-lo. Como se meu peso fosse um turbante extravagante, ou a tiara de zumbi da Mel, ou uma bandeira anarquista que, na minha rebeldia, eu escolhesse segurar e balançar bem na cara dele. Como se não fosse parte de mim, mas só um jeito de desafiá-lo, de provar o quanto estava errado. Passamos a nos ver cada vez menos. Agora, dizer que ele tem orgulho de mim seria exagero. Para ele, as coisas só voltaram a ser como sempre deveriam ter sido. Finalmente larguei a bandeira. Tirei o turbante. Caso encerrado. Parabéns para mim.

— Sei lá, acho que sim.

— Parece que ele não repara. Porém repara, sim... Bem, sobre o Tom: a gente devia almoçar juntos. Ou sair para um brunch em algum restaurante lá do porto. Depende do que seu namorado gosta. O que você vai vestir?

Da última vez que Tom me pegou no aeroporto, eu estava usando uma blusa e um cardigã pretos; uma saia sereia vermelha na qual eu ficaria nadando hoje; oxfords de três furos com sola grossa de borracha — que deixam minha mãe profundamente deprimida, "Você não acha esses sapatos deprimentes demais?" — e uma bolsa a tiracolo, com um crânio desenhado com corretivo na frente, batendo sem parar contra minha coxa grossa.

— Ainda não sei.

— Você vai mesmo se mudar pra lá, né?

— Logo mais. Não dá pra manter esse lance à distância pra sempre. E, por causa do trabalho dele, Tom não pode se mudar pra onde eu moro agora.

— E o *seu* trabalho?

— Posso fazer estágio em qualquer lugar. Ou trabalhar em livrarias. Cafés.

— Cafés? Mas você não se formou em... o que era mesmo? Alguma coisa medieval?

Literatura francesa. Embora, no fim das contas, tenha virado História da Arte. Mas, tecnicamente, eu nem terminei.

— É, tipo isso. Não se preocupe, eu arrumo outro emprego bem rapidinho.

— Mesmo assim. É longe demais.

Olho para o lago, pensando na imensidão do deserto vermelho onde Tom mora no Sudoeste, naquele estranho céu amarelo, no corpo de água salgada onde até um avião poderia flutuar. Penso na maneira como olha para mim, em seu olhar sereno e firme.

— Eu gosto de lá — digo para minha mãe.

— Mas como você vai sobreviver no deserto se só come peixe? — Ela olha para o meu bacalhau. — Esse aí é o quê?

"Só quero cem gramas", eu disse para o vendedor por cima das bandejas geladas cheias de peixes abertos, tentáculos inteiros e crustáceos vivos. Enquanto ele embrulhava meu pedido em papel pardo, jogou um filé extra de um peixe que não reconheci, ainda com a cabeça. Encarei o olho leitoso e a boca aberta, cheia de dentinhos pontudos como garras. Depois, ergui os olhos para o peixeiro, que sorria. "Confia em mim."

— Bom — minha mãe diz. — Que tal a gente se arrumar?

Mais tarde, no quarto, ela vai mudando de canal até achar um filme antigo da Audrey Hepburn que ainda não vi.

— Sério que você *nunca* viu esse?

Apesar de dizer que é o favorito dela, minha mãe não o assiste. Está me observando, vendo se presto atenção em todas as partes bonitas, se escuto as falas que sabe de cor. Mantenho o rosto impassível enquanto sento perto da porta de vidro da varanda, com o cinzeiro de cristal entre minhas pernas esticadas, soltando anéis de fumaça na fresta entre a porta e o batente. Finjo não perceber que ela está me encarando.

— Isso é tão bom — ela diz, meio sem fôlego na cama. — Adoro. É ótimo não fazer nada.

— Tem certeza de que você não se importa de ficar sentada aqui sozinha? — perguntei para ela mais cedo nesta mesma noite quando estávamos no clube de salsa, enquanto o suor escorria do meu queixo direto pro suco de cranberry com soda e limão que ela estava tomando.

— Lógico que não, tô me divertindo horrores — minha mãe disse, mexendo os dedinhos do pé e tomando um gole da bebida para provar. — Vai lá, volta pra pista! Vai, vai!

A noite toda, ela assistiu da mesa enquanto eu era passada de um parceiro para o outro na pista de dança. Me atrapalhei demais com os giros — algo que não ensinavam nas aulas grátis de salsa — mas fiz o possível para acompanhar.

— Só segue o ritmo da música, é fácil — me garantiam os pés de valsa do salão.

— Você tá *exagerando* — disse um cara de guayabera preta estampada com chamas vermelhas quando perdi o equilíbrio depois de um giro. — Tá tentando ser sexy demais. Só escuta a música. Segue o ritmo.

Irritada com ele, voltei para minha mãe.

— Podemos ir pra casa agora, por favor?

Mas ela só saiu quando a pista esvaziou completamente e a banda começou a desmontar os instrumentos. Achei que depois disso fosse querer ir direto para casa, mas quando sugeri que voltássemos, minha mãe disse:

— Tá brincando? A noite é uma criança! Vamos pra um lugar que você iria se estivesse com os seus amigos.

A verdade verdadeira? Com amigos não, a essa altura eu iria para casa.

Mas, em vez disso, ela pegou um jornal semanal de um latão de lixo na esquina e me fez procurar uma balada gótica em Capitol Hill.

— Tem certeza? — perguntei, quando ela entregou duas notas de cinco para um cara vestindo aparatos de *bondage* que carimbou cobras pretas nas nossas mãos.

— Vai lá — ela disse, tentando falar mais alto que o som da música industrial alemã, me dando um empurrãozinho na direção das colunas de luz empoeiradas.

Então me observou girar debaixo da bola espelhada, entre a fumaça, sentada numa mesa perto da pista, com o queixo apoiado nas mãos. E eu girei, mesmo com as pernas doendo, e contei as músicas mentalmente, até sentir que, se não fiz valer o tempo dela, ao menos cobri o preço das duas entradas.

Minha mãe pega Mick Jagger e o coloca na cama ao lado dela.

— Cadê a coleira dele?

Outro dia, enquanto minha mãe estava no trabalho, arranquei aquela aberração de strass do pescoço do gato e a atirei pela varanda. Vi a coleira sumir entre os pinheiros altos e depois cair com um *plop* na água escura. O guizo fez um sonzinho agradável durante todo o trajeto.

— Não sei — digo. — Ele deve ter arrancado.

— Ele não consegue fazer isso sozinho. Não do jeito que eu prendi.

— Bom, talvez tenha caído, sei lá. Como estão seus pés? — pergunto, olhando para os Keds que ela ainda calça.

Os olhos da minha mãe vão do meu pescoço para a TV, onde o sorvete da Audrey acabou de cair no Sena.

— Bem — ela responde, sem olhar para mim.

Não sei há quanto tempo estou aqui, perigosamente perto dos balcões de gelo cheios de peixes sangrando e crustáceos vivos, observando os vendedores eviscerarem e limparem postas de salmão e lúcio, desafiando-os a respingarem algo em mim. É fim de tarde. Estou sozinha. Acima de mim, o céu gira, mas o ignoro, assim como ignoro o asfalto macio demais sob meus pés.

— Só preciso usar o banheiro — eu disse para minha mãe e para Tom, que me esperam agora em uma mesa perto da janela, de frente para a água.

— Pra vocês terem uma vista — ela disse para ele. — Tem que ter vista.

— Já volto — eu disse.

Agora, balanço sobre os calcanhares. Não estou usando os saltos que ela separou para mim de manhã. Nem o vestido que ela escolheu.

Este aqui é um Max Azria, preto e branco, muito parecido com o da Grace Kelly em *Janela indiscreta*. Quando saí do provador com ele, minha mãe ficou um minuto inteiro sem dizer nada. Então, finalmente, disse:

— Você vai ser estuprada.

Preciso manter as costas retas para evitar que o decote caia e meus peitos pulem para fora — o que aconteceu duas vezes no provador.

— Hum, complicado — minha mãe comentou, parada no vão da cortina. — Vai usar mesmo assim? Caramba...

Eu queria jogar um cardigã por cima, mas ela disse:

— Não, isso vai estragar o look... só mantém as costas retas e os braços perto do corpo assim. Assim. Exatamente.

Saltos vermelhos de verniz, treze centímetros, da Guess.

— Só lembra de tirar as etiquetas com o preço — ela disse.

Não tirei. Ainda estão lá, rabiscadas de preto por cima do preço original, o preço com desconto em vermelho.

Cambaleio mais para perto da peixaria, avaliando os diferentes homens atrás do balcão de vidro, seus bíceps flexionando enquanto manuseiam peixes e cantam, manuseiam peixes e cantam.

Escolho o de cabelo estilo *Hellraiser*, um dente da frente faltando, e olhos com a ausência de cor do oceano. Vamos transar no escuro do caminhão cheio de gelo e peixe fresco. Ele vai beijar meu pescoço com a boca quente e puxar meu cabelo com as mãos cheias de tripas de peixe. Elas vão deixar rastros de sangue aguado pelo vestido, que está abaixado até meu umbigo, e eu vou segurar firme nos espetos do cabelo dele. Ele vai me comer tão forte que um dos brincos da minha mãe vai cair da minha orelha e, embaixo de mim, um salto vermelho vai se quebrar. Depois disso, vou tropeçar para fora do caminhão, sem brinco e manca, até onde minha mãe e Tom estão me esperando em um elegante bar de ostras ali perto. Vou segurar a bolsa pela alça de strass — todinha ensanguentada — que ela me comprou. Com tripas no cabelo. Sangue e gelo escorrendo em filetes rosados pelos meus braços. Mas vou estar sorrindo de orelha a orelha. Vou sorrir tanto que meu rosto vai doer.

Então farei uma parada na barraca de flores para observar os lírios. Para a mulher vietnamita, direi:

— Um buquê, por favor. É pra minha mãe.

E vou segurar os caules com os dedos frouxos, arrastando as flores pela calçada.

Na beira do píer, onde ela me viu comer sei lá quantas maçãs, onde os sem-teto dormem encolhidos nos bancos e os engravatados comem sanduíches gourmet de queijo enquanto suas gravatas balançam ao sabor do vento da baía, vou me jogar na grama molhada com as flores no colo, o pólen amarelo se espalhando sobre o tafetá preto e branco.

— Que detalhe lindo... olha os detalhes — minha mãe disse, segurando a barra do vestido entre o polegar e o indicador.

Comendo minha maçã, eu vou sorrir para as minhas próprias pernas machucadas à frente, com suco escorrendo pelos cantos da boca, e não vou olhar nem para a direita nem para a esquerda, só para a luz dançando na água cinza. E o gosto da maçã, gelada e doce, vai ser como se rosas se misturassem com o sangue, o sal e o peixe na minha boca — e se transformará em algo celestial.

— Meu deus, o que foi que aconteceu com você? — minha mãe vai dizer quando eu entregar os lírios para ela.

— Caí — vou responder.

— Pois não? — alguém me pergunta agora.

— O quê?

— Quer alguma coisa? — o vendedor diz, batendo com a luva de borracha no vidro do balcão.

Meu olhar vai dos homens para a vitrine de peixes.

— Aquele ali — digo, apontando.

Maior que o último. Sorrio para os dentes curvados na boca aberta, para a língua cinza-esbranquiçada pendendo um pouco para fora, para as escamas prateadas e negras quebradas ao longo das laterais da cabeça horrivelmente linda.

— O quê, não vai levar só cem gramas hoje?

— Não, vai ser esse mesmo. Valeu.

Enquanto me afasto, percebo que, apesar de ter ficado parada ali tanto tempo, nem uma gota de sangue me tocou. Nem mesmo um pinguinho de água rosada. No caminho de volta para o restaurante, percebo que, apesar do pacote dentro da bolsa, não estou cheirando a peixe. Continuo cheirando a maçã e ao perfume Angel que minha mãe borrifou nos vãos do meu pescoço.

Assim que me aproximo da mesa, pego o copo de espumante da minha mãe e quase desabo sobre as ostras no gelo, mas Tom me segura firme.

— Cuidado aí — ele murmura.

— Onde foi que você se meteu? — minha mãe pergunta.

— Já disse. No banheiro — respondo, me jogando na cadeira. Mesmo sentada, tudo ainda gira.

Do chão à claraboia, sinto o puxão da água escura. Fixo o olhar no rosto de Tom, esperando que ele se vire para mim e me ancore, mas ele mantém os olhos na minha mãe, na janela, ou em algum outro ponto distante que não alcanço. Reviro a bolsa atrás de um isqueiro, enquanto o chão parece se abrir ao meu lado.

— Achamos que você tinha desmaiado, né, Tom? — minha mãe diz, olhando para ele, que sorri educadamente.

Ela estende a mão sobre a mesa e acende a ponta do meu cigarro com a chama de uma vela.

— É verdade — ele diz, segurando minha mão, mas sem olhar para mim.

Mais tarde, Tom se oferece para tirar uma foto nossa com a máquina fotográfica descartável da minha mãe, enquanto ainda há luz no céu.

— Ah, você não se importa? — ela pergunta.

— Certo, agora cheguem mais perto. Encostem um pouco mais uma na outra pra caberem no enquadramento.

Mas não importa o quanto ele tente nos aproximar com as mãos — minha mãe e eu continuamos sem nos tocar.

— Esse aí é pra casar — minha mãe diz enquanto me observa fazer a mala no domingo de manhã.

Todos aqueles sapatos de tiras acetinadas que nunca mais vou usar. Roupas que vão parecer erradas na minha pele, em termos de textura ou de cor, no mesmo segundo em que ela não estiver mais lá para sapatear e bater palmas para mim, como se minha imagem fosse música — a música que ela mais ama. Quando terminamos, vamos para a varanda tomar café, sentadas entre os lírios mortos na água verde estagnada. Através da porta de vidro que dá para a sala, observamos o corpo adormecido de Tom no sofá-cama com a mesma curiosidade com que observamos os chimpanzés no zoológico essa semana.

— Não deixe ele escapar — ela diz.

— Pode deixar — respondo.

Na noite anterior, depois que minha mãe foi dormir, eu tentei acariciá-lo, mas ele se virou para o outro lado. Então, fiquei acordada por um bom tempo, observando o subir e descer silencioso do peito dele, ouvindo o arfar da minha mãe no quarto ao lado. Me imaginei vestindo o que minha mãe acha sexy, enquanto Tom me pressionava contra uma parede cheia de ganchos. Querendo que destruísse com as mãos e os lábios todos aqueles pedaços de tule e renda, até eu me tornar só um ser recém-descascado, com a pele em fogo. Até que não se importe ou não veja os traços da garota que eu fui. Que não se importe ou não veja a pele marcada, a pele flácida. Que não se importe ou não veja porque estamos no escuro do caminhão. Que diga a palavra *sexy* no redemoinho da minha orelha como se fosse algo vivo, uma pérola recém-aberta. Um segredo que arranquei dele, apesar de tudo, como água doce tirada de um poço.

— Aposto que ele quase não te reconheceu — minha mãe diz agora, sondando.

"E essa roupa, hein? É um vestido novo?", ele me perguntou mais tarde naquela noite, quando estávamos sozinhos na varanda da minha mãe.

Enquanto eu fumava, ele olhava para o lago, me fazendo companhia.

"Você não gostou?"

"Gostei. Só nunca te vi com nada assim. É... intenso." Ele sorriu. "Só não parece muito você, só isso."

Observei enquanto ele olhava a água.

"Eu posso mudar, eu disse."

"Não mude. Pra quê mudar?"

Senti os olhos encherem d'água, então virei para o lago também.

Tom estendeu a mão e pegou meu cigarro. Tragou de leve, como quem não fuma, e tossiu um pouco, segurando o cigarro do jeito errado.

"Quando eu era moleque", ele disse, "meu pai me levava no barbeiro a cada quatro semanas e me fazia raspar o cabelo igual ao dele, na época em que trabalhava na Força Aérea. Eu odiava aquilo. Um dia, finalmente, falei pra ele: 'Pai, eu odeio esse corte'."

"E o que aconteceu?"

Tom deu mais uma tragada.

"Ele me chamou de babaca. Bem ali, na frente do barbeiro e de um monte de velhos cortando o cabelo."

"Sério? Mas você era só uma criança."

Observei o cabelo dele, desgrenhado e cor de areia, batendo no queixo.

"Pois é, meu pai era assim."

Ele tragou mais uma vez, tossiu e devolveu o cigarro.

"Essa cor te cai bem. De verdade."

— Quase — digo agora para minha mãe.

Ela me observa dobrar o último vestido e colocar na mala.

— O que foi? — pergunto.

— Nada — ela responde, me observando fechar a mala com um estalo. Ela pega um croissant. — Você me liga quando chegar?

— Ligo. — Mas não vou. Não por um bom tempo.

Observo enquanto ela parte o croissant ao meio, belisca cada pedaço até virarem farelos, e depois os come como se fossem poeira.

— Mãe? Tem alguma coisa que eu deveria saber?

Ela abaixa o olhar e começa a juntar os farelos, pressionando a ponta dos dedos contra o prato.

— Sobre o quê?

"Sobre o fato de você não conseguir respirar direito. Sobre não sentir os pés."

— Sobre você.

— Sobre mim? — Ela dá de ombros, balança a cabeça. Cruza os braços sobre a mesa.

Percebo que, sob o macacão de linho, ela ainda veste o mesmo vestido preto que usou quase todos os dias desde que cheguei. Ainda tem a mancha do molho dos mexilhões da noite passada. Nos pés, os mesmos Keds velhos e gastos. A única coisa que variou nos últimos dias foi um bolero de renda preta e as bijuterias. O conjunto violeta, de vidro soprado italiano, jaz numa pilha sobre o jogo americano. Sem ele, ela parece mais nua. Sem o gel, os cabelos se espalham desgrenhados ao redor do rosto, mais claros, quase acobreados. Ela lambe a geleia de pétalas de rosa da lâmina da faca de manteiga e passa os dedos pelo prato em busca de mais farelos, mas não sobrou nenhum.

Numa viagem a uma cidade litorânea, anos após a morte dela, vou achar que a vi sentada num café ao ar livre. Uma mulher de preto, de óculos Jackie O. Igualzinha à minha mãe, só que magra. Sentada sozinha numa mesa para dois. Vou ficar olhando o sol da tarde lamber os fios pretos dela de vermelho, com o nariz enfiado num livro aberto, por um tempo que não sei medir. Ela beberá pequenos goles elegantes de *espresso*, deixando uma marca de batom roxo na porcelana. Vai ignorar completamente um bolo de chocolate na frente dela. Olharei para essa mulher de boca aberta e olhos marejados, até que, de repente, ela vai se levantar e ir embora. Vou segui-la do café até um açougue, depois até uma floricultura e, por fim, à feira — e ali vou perdê-la. Depois disso, vou rodar em círculos no meio das barracas por um tempo que me parecerá infinito antes de desistir e voltar para o hotel.

— É só que você é linda — minha mãe diz agora, olhando para o prato vazio. — E vou sentir muito a sua falta.

Ela estende a mão, acaricia meu rosto, afasta uma mecha dos meus olhos e a prende atrás da minha orelha. "Pronto."

8

Na medida para você

A atendente pegou o ticket de lavanderia da minha mão e sumiu por detrás das capas plásticas de casacos e vestidos de noiva amarelados. Não sei quanto tempo faz isso. Estou parada diante do balcão, fumando dentro do que me parece um aquário vazio, e tentando não respirar fundo demais o cheiro de produtos químicos e roupas velhas que já deviam ter sido jogadas fora, doadas — ou, melhor ainda, incineradas. Finjo interesse nas paredes feias, nos certificados duvidosos, esperando pelo que quer que minha mãe tenha deixado aqui dias atrás e nunca voltou para buscar.

Encontrei o recibo da lavanderia em sua bolsa falsificada da Gucci que passei para buscar na delegacia. Estava lá, no bolso principal, junto de umas moedas soltas, um batom Chanel e uma carteira de couro gasta e cheia de cartões. O papel estava dobrado com cuidado, as pontas marcadas pelo batom cor de ameixa que minha mãe sempre usava, e do qual havia perdido a tampa. "Na medida para você", dizia o ticket. "De segunda a sexta, retirada somente após as 17h30. Aos sábados, retirada após as 14h30." Na parte de baixo, estava o endereço e um telefone carimbados em tinta vermelha.

Encontrei a loja numa galeria decadente na periferia da cidade, espremida entre um centro holístico que parecia fechado e um salão de massagem tailandesa que parecia aberto até demais. Nada além de uma vitrine estreita de vidro opaco. Uma estátua de um Buda gordo me encarava pelas grades da janela, ao lado de uma planta artificial exageradamente florida. Atrás do balcão, uma mulher com cabelo e maquiagem dignas de um filme de John Waters veio me atender com uma fita métrica gasta pendurada no pescoço. Os óculos estavam tão baixos no nariz que me perguntei como conseguia enxergar alguma coisa. Usava um suéter estampado com árvores de Natal, mesmo sendo junho, e tinha as palmas das mãos pressionadas debaixo do balcão como se houvesse uma espingarda escondida ali. Ao lado, havia um homem sentado absolutamente imóvel num sofá cor de ferrugem. Olhos arregalados. Talvez ela o tivesse matado. Foi o que realmente pensei, até vê-lo piscar.

"Minha mãe jamais viria aqui", pensei. Certamente havia uma lavanderia melhor. Quando olhei de novo para o recibo, percebi que era mesmo o endereço. Ao entregar o ticket para a mulher do balcão, ela nem piscou. Apenas virou as costas e desapareceu nos fundos da loja.

Acho que deve fazer pelo menos uma hora que isso aconteceu. Nesse meio-tempo, na maior ressaca, dei uma volta pela galeria. Depois fumei cinco cigarros e meio no carro da minha mãe, com o vidro um pouco aberto, observando a fachada gradeada e as letras apagadas da placa (Camisas/Lavagem/Ajustes) através do para-brisa manchado, tentando não pensar em nada. Nem mesmo na mensagem do agente funerário na minha caixa postal, no seu tom de voz excessivamente paternal. Sobre como posso passar para buscar as cinzas quando quiser. As cinzas da minha mãe.

Volto para dentro da loja. Nada.

Paro no balcão, batendo o pé impacientemente no chão, com os olhos fixos no sino empoeirado ao lado do caixa. Uma vontade irresistível de tocá-lo contamina meus dedos.

— Olá? — chamo.

Meu celular toca. Talvez seja meu marido querendo saber onde estou. Ou o agente funerário de novo. Ontem me sentei numa mesa exageradamente lustrosa diante daquele homem, encarando os anéis dourados que enforcavam seus mindinhos inchados enquanto ele me explicava o processo de cremação, com a voz se esforçando para soar como o ruído das ondas, a serenidade do sono eterno. Me forcei a me concentrar nos anéis para não ser completamente destruída por suas palavras. Me vi acenando com a cabeça. Como se estivesse genuinamente interessada no processo, na combustão, em como minha mãe explodiria dentro de uma caixa. Em como parte das cinzas talvez nem fossem dela, mas todas seriam minhas, e eu poderia guardá-las onde quisesse. "Temos vários modelos, todos de muito bom gosto, se me permite dizer", ele afirmou, deslizando um catálogo cheio de horrores para o meu lado da mesa. Agora meu trabalho é escolher o menos horrível dentre eles. Nisso, sou craque. E minha mãe também era.

Deixo o telefone tocar.

— Olá? — chamo de novo, voltada para as entranhas da loja.

Nada. Nenhum sinal. Nem da mulher, nem de movimento entre as roupas penduradas. O homem nem pisca, ainda imóvel no sofá.

Toco o sino sobre o balcão. Nenhuma resposta. Toco de novo, mais forte.

— Jesus — diz a mulher, finalmente saindo dos fundos da loja, e percebo que estou socando o sino já há um tempo. Paro no meio do movimento, com minha palma ainda suspensa no ar, como se pudesse apertá-lo novamente, sem aviso prévio.

— Você é filha dela?

— Sou.

Ela me olha dos pés à cabeça, mas hoje estou vestindo um buraco negro de vestido, em que é impossível distinguir qualquer curva — peito, cintura ou quadril.

Vejo que, equilibrado na dobra do dedo, a mulher segura um vestido escuro envolto em plástico. Ela o mantém à distância, com o mesmo cuidado com que vi, certa vez, uma recepcionista mórmon levar uma xícara de café preto para meu chefe em um escritório onde trabalhei como estagiária. Agora, ela pendura o vestido no suporte cromado entre nós. Porém, antes mesmo de fazê-lo, eu já o reconheci. É de um azul profundo, cor de alta madrugada, da hora do lobo. Tem um decote delicadamente arredondado. Mangas e barra em um corte e comprimento que poderíamos chamar de "generosos". Nas costas, os botões estão fechados como lábios discretamente selados. É um tecido de boa elasticidade, com forro duplo. Um daqueles vestidos que, no cabide, não parecem nada além de um saco escuro e deprimente, mas que, no corpo, valorizam cada parte de você. Um vestido que vai bem com qualquer tipo de acessório.

Minha mãe amava esse tipo de roupa. Estivesse magra, gorda ou no meio-termo, sempre tinha um à mão no guarda-roupa. Já a vi usando-o para trabalhar, almoçar com amigas, sair para encontros, ir ao cinema, a festas, a funerais. Já a vi usando-o sozinha no apartamento por dias a fio. Cutucando uma mancha no busto com as unhas. "Merda." Desesperada porque a bainha começou a desfiar. "Porra, porra, porra. Você tem um alfinete?" E buracos estavam aparecendo nas axilas. "Jesus." E as mangas haviam começado a esgarçar. "Bem, já era, né?" E então ela teria que procurar outro, revirar as araras de tamanhos grandes atrás de um vestido que vestisse tão bem quanto aquele, que fosse tão digno e tão indulgente quanto a elegância sombria e discreta do anterior.

Olho para ele agora, pendurado no plástico, e a vontade de chorar desaparece quando percebo um bilhete amarelo preso à gola com um alfinete de segurança. A caligrafia vermelha, cheia de voltas, me é familiar. Já vi esse papel amarelo antes, preso a este vestido ou a algum de seus irmãos. De repente, fico séria. Lembro-me das mãos da minha mãe apontando para o bilhete, exigindo respostas, por favor.

— O que é isso?

Ela suspira. Tira o vestido do cabide e o estende no balcão entre nós. O cheiro do perfume dela, de seu suor envelhecido, se espalha pesadamente entre nós. Minha mãe está ali. Descalça no apartamento, jogando paciência, com os joelhos afastados esticando a saia, os dedos dos pés se mexendo sob a mesa. Deitada no barco afundado de sua cama de latão depois de um longo dia de trabalho, trocando de canal, cansada demais para trocar de roupa. Dormindo de boca aberta, a respiração inquieta, a barra da camisola enroscada nas pernas.

A mulher alisa o tecido, ergue a bainha, expondo a infinidade de buracos no forro. Vendo minha cara, diz:

— Ela disse que não precisava mexer nesses aqui. Nem dá para ver. Só que eu subi o forro de novo, tá vendo?

"Porra, porra, porra. Tem um alfinete?"

— Mas isso aqui... — Ela aponta para um buraco irregular no quadril.

"Jesus."

— Não consegui consertar porque não tá na costura, entende? — Ela enfia o dedo no buraco e o balança de um lado para o outro, sacudindo a cabeça.

"Para com isso!" A raiva da minha mãe sobe pela minha garganta. Sinto as mãos dela coçando nas minhas, prontas para dar um tapa na mão daquela mulher.

— Entendi.

Vejo-a passar os dedos pelas mangas desgastadas, pelo decote frouxo, pelos buracos nas axilas — tudo, segundo ela, perdido para sempre.

— Não há nada a ser feito — ela diz, mostrando cada rasgo, cada fiapo, cada buraco, e levantando o queixo para me encarar por trás daqueles óculos mínimos. — Eu avisei a sua mãe.

Concordo com a cabeça, e um nó de fúria e vergonha queima em meu peito.

— Agora, olha aqui. — Ela vira o vestido e me mostra as costas.

Observo os novos botões pretos que ela costurou ao longo da parte de trás do vestido. Só sobraram dois dos botões originais na base, pequenas pérolas iridescentes.

— Eu disse que talvez não tivesse nada parecido com esses — a mulher comenta, sacudindo os dois botõezinhos perolados como se fossem duvidosos, de mau gosto, chiques demais.

— Não toca neles. — As palavras saem da minha boca como uma tosse, com o rosnado baixo da minha mãe misturado ao meu próprio sibilo.

— Como?

Encaro as casas dos botões, desgastadas de tanto puxar e esticar. Vejo as costas da minha mãe, as marcas vermelhas de zíperes e botões apertados demais descendo pela coluna.

"Você pode fechar pra mim?"

Ela me dava as costas e levantava os braços no ar como se estivesse sendo presa.

"Você não tá conseguindo?", ela perguntava depois de um tempo, os braços erguidos começando a ceder, a coluna amolecendo.

"Calma", eu dizia.

"Ok, vou parar de respirar. Pronto. Tenta agora."

— Mas aqui é que tá o verdadeiro problema — a mulher continua. Ela aponta para um punhado de furos no quadril, como se o vestido tivesse sido esfaqueado de um lado pelo Freddy Krueger. — O que foi que aconteceu aqui?

A voz dela soa acusadora.

A raiva dentro de mim morre de repente, por um instante.

— Não sei.

— Bom — ela diz, empurrando o vestido pelo balcão na minha direção. — Não há nada que eu possa fazer.

— Como assim *nada*? — Eu empurro o vestido de volta para ela. — Com certeza dá pra fazer alguma coisa.

Minha voz sai mais baixa, soando como minha própria voz de novo.

— Nada — ela responde, empurrando o vestido de volta para mim.

— Nada. — A palavra cai da minha boca como uma pedra.

E é aí que tudo volta para mim, como um eco: todas as versões da minha mãe, diferentes tamanhos e cortes de cabelo (permanentes nos anos 80; ondas, franjas e repicados nos anos 90; um corte meio desalinhado nos últimos anos), mas sempre a mesma boca escura torcida, o mesmo rosto, contorcido de indignação e vergonha, saindo furiosa pelas portas de vidro da lavanderia com o mesmo vestido escuro e amassado apertado na mão. Jogando-o no banco de trás do carro e batendo a porta com tanta força que sempre me fazia pular. Arrancando do estacionamento enquanto a costureira, sempre com a mesma fita métrica pendurada no pescoço, os mesmos óculos escorregando pelo nariz, nos observava pela janela ou nem sequer se dava ao trabalho.

Minha mãe dirigia sem cinto de segurança o caminho todo para casa, com o carro fazendo aquele barulhinho insistente de alerta, que ela ignorava.

"Nada", era o que todas essas versões da minha mãe me diziam quando eu perguntava o que tinha acontecido. Então, ela balançava a cabeça, girava desesperadamente o botão do rádio, procurando uma música, qualquer música, para preencher o silêncio dentro do carro.

Meu celular começa a tocar de novo. Ou talvez estivesse tocando esse tempo todo.

— Você pode tentar levar pra outro lugar — a mulher diz agora. — Mas vão dizer a mesma coisa.

Ela me olha como se me desafiasse a acusá-la de novo.

Eu podia agarrar o vestido do balcão e sair pela porta como se realmente tivesse outro lugar para ir. Consigo ver minha mãe olhando para ela, pronta para mais uma briga, ou talvez, a essa altura, para desistir.

"Bem, já era, né?"

Eu aceno a cabeça. De repente, me sinto exausta. Como se pudesse dormir por cem anos.

— Olha, não vou te cobrar pelo ajuste da barra, só pela lavagem, tá? — A voz dela sai mais suave.

— Tá.

Mas nós duas sabemos que o vestido já passou do ponto de uma simples lavagem. Mesmo antes de tirá-lo do plástico, o cheiro forte da minha mãe já estava lá. Eu a observo cobrir o vestido de novo.

— Diz pra ela que eu tentei, tá? Mas é melhor não trazer esse vestido de novo.

"Boa escolha", disse o agente funerário quando, depois de longos minutos, apontei aleatoriamente para uma das urnas. "Elegante. Sofisticada. Na medida. Quem não gosta de azul?"

A mulher tira o vestido do suporte e o segura nos braços, com gentileza agora, como se carregasse uma donzela, uma Branca de Neve recém-saída de seu caixão de vidro. Há tanto cuidado no gesto que, por um instante, me lembro de outra versão da minha mãe. Uma que eu quase não via. Feliz. À vontade no próprio corpo.

— Pode deixar, eu digo pra ela — respondo.

9

Ela topa tudo

Eles estão terminando a segunda rodada de drinks quando Dickie começa a falar sobre a garota gorda que ele anda comendo ultimamente. Por ser quem é, ele não se importa nem um pouco de entrar em detalhes. Como os peitos dela batem palmas quando mete nela por trás. Como ele — como qualquer um presumiria, né? — achou que ela fosse larga lá embaixo, mas "Uau, que surpresa".

— Sexo gástrico — Dickie diz, virando um Fireball. — O melhor sexo da minha vida, sem comparação.

Ele continua:

— Ela tem uma cicatriz enorme descendo pela barriga, da cirurgia bariátrica que fez, tipo, um ano atrás. — Ele se recosta no bar e desce os dedos longos e finos pela frente da própria camisa brilhante. — Mas acho que não deu muito certo, porque ela ainda é...

— Pelo amor de Deus, Dickie — Tom interrompe. — Tô *comendo*.

Ele olha para sua pilha intocada de nachos murchos cobertos de queijo meio derretido. A única coisa mais deprimente que o prato de Macho Nacho do Dead Goat é o fato de ele próprio ter projetado o software que garante que o pedido chegue com mais eficiência da cozinha.

Tom olha para Hot Pocket em busca de apoio — afinal, ele é meio que o supervisor do grupo —, mas Hot Pocket só sorri por trás do shot que está prestes a virar e diz:

— Você é doente, Dick.

Ai ai, isso é a cara dele. Como aquela vez em que contou para todo mundo sobre a vagina de borracha que comprou e devolveu uma semana depois — toda arreganhada e lambuzada de óleo de bebê — fazendo um escândalo na loja de sex shop porque "os pelos não pareciam reais". Dickie tem esse talento especial de se embrenhar nos confins do bizarro e voltar de lá com a gola da camisa polo levantada, rindo como se estivesse num comercial de cerveja — como se a vida não fosse nada além de um grande e hilário trote de fraternidade.

Hot Pocket anuncia que vão precisar de mais uma rodada para essa história, mesmo já estando bêbado demais pra dirigir e já tendo uma multa por dirigir alcoolizado na carteira. Ele faz sinal para a garçonete.

— Mas, e aí, de que tamanho a gente tá falando? — Hot Pocket pergunta.

Dickie finge pensar na pergunta. Reflete sobre ela, e Tom nota, como se fosse um dilema filosófico. Tipo, "o que veio primeiro, o ovo ou a galinha?".

— Não é daquelas gordas gigantescas que exalam uma energia do tipo "Escolhe uma dobra e fode à vontade" — ele responde, por fim —, mas, tipo, gorda o suficiente.

— Isso é nojento — Hot Pocket diz.

— Tá, a barriga não é lá essas coisas. — Dickie dá de ombros, com ares de líder de culto, acima da compreensão da massa ignorante. — Mas acho que meter naquela bunda tá me curando da minha PM.

É a abreviação que Dick criou para seu problema: Pau Molescência.

— Mas sabe o que é o melhor de tudo? — Dickie continua, ignorando o olhar atravessado de Tom. — Ela topa tudo.

Tom encara Dickie do outro lado da mesa, sentado confortavelmente sob a sombra dos chifres de uma caveira de bode na parede.

— O que você quer dizer com *tudo*?

— Quero dizer *tudo* — Dickie responde, sorrindo.

Eles ficam em silêncio enquanto a garçonete se aproxima e coloca os drinks sobre a mesa.

— Eu já comi a Judy — Hot Pocket confessa baixinho, depois que a garçonete se afasta. Ele está falando da mulher triste que trabalha no setor de TI e que, fisicamente, é o extremo oposto de Brindy, a esposa dele, uma ex-stripper que virou decoradora freelancer, e para quem Hot Pocket acabou de bancar um par de peitos novos.

— Judy não conta — diz Dickie, como se fosse um especialista no assunto.

— Como assim *não conta*?

— Judy deve ser o quê? Tamanho 44? Eu tô falando de mulher gorda de verdade.

— Porra, fala mais baixo — Tom resmunga, notando as garçonetes atrás do bar trocando olhares de "Você tá ouvindo o que eu tô ouvindo?".

— Não critica até experimentar, só digo isso — Dickie responde. — Aliás, vocês deviam. Acho que ela toparia. Ela é dedicada, como eu disse.

— Acho que vou deixar essa passar — Hot Pocket diz.

— Você não sabe o que tá perdendo. Tom sabe do que eu tô falando. Ou pelo menos sabia, né, Tom?

— Não faço ideia do que você tá falando — Tom responde, mas seus olhos dizem outra coisa: "Filho da puta".

* * *

ZIGUEZAGUEANDO PELA RODOVIA, TOM murmura consigo mesmo, "Doente da cabeça e filho da puta" para o para-brisa. Entre a tempestade de verão e os shots que tomou, mal consegue enxergar a linha amarela dividindo as faixas, mas, graças ao Dickie, pode ver com os olhos da mente a bunda da moça gorda, brilhando como uma lua cheia numa noite de inverno.

Tom mora com a esposa num condomínio de apartamentos que odeia, logo ali, à beira da estrada. Além de estar cheio de executivos babacas, ele caiu no conto do vigário de pagar 95 dólares a mais por mês em troca de uma "vista para as montanhas" que, na prática, se resume a um pedacinho das colinas ao fundo, quase todo ofuscado pelas luzes de uma churrascaria do outro lado da rua. Normalmente, ele jamais toparia morar num lugar que oferece um frappuccino e um *biscotti* grátis quando você assina o contrato de aluguel, mas Beth — não, *Elizabeth* (ele precisa lembrar que ela agora faz questão que lhe chame pelo nome inteiro) — ficou empolgada porque era um dos poucos condomínios da cidade com academia. Pensar que a única coisa que o separa de uma linda casa no subúrbio são duas esteiras empoeiradas, um simulador de escada que soa como um coiote morrendo, e uma prateleira de halteres velhos, é algo que Tom ainda acha difícil de aceitar. "Só porque você não quer dirigir *cinco* minutos até a academia, eu tenho que *morar* cercado de babacas?" Foi o que ele quis dizer, mas não disse. Porque estava sendo "compreensivo".

Ele chega em casa e encontra Beth na cozinha, cercada por montinhos de legumes cortados em julienne, ralando nabos com uma mandolina de um jeito que lhe parece raivoso. Ela está usando um vestido de coquetel. Justo, escuro. Provavelmente novo. Comprado no intervalo do trabalho ou talvez on-line, tarde da noite. Alguns meses depois de atingir a meta e chegar ao que chamou de "platô da perda de peso", Beth começou a comprar esses vestidos escuros de alfaiataria com uma frequência assustadora. Tom jura que, se pudesse, ela os devoraria — como os chips ou o sorvete que se permite comer somente uma vez a cada duas semanas.

Vê-la vestida assim ainda lhe causa a impressão de que ela quer sair para algum lugar. Entretanto, ele está começando a se acostumar com o fato de que, não, é só assim que ela se veste agora. Sempre.

"Tô arrumada demais?", ela sempre pergunta.

E ele sempre quer dizer que sim, mas o que responde é:

"Você tá linda."

E ela está linda? Sim. É claro que está — olha pra ela. Uma mulher jovem, magra, bonita, que parece ainda mais nova do que seus 28 anos. Exceto, talvez, em volta dos olhos. Mesmo tendo acompanhado toda a transformação dela nesses últimos três anos, Tom ainda está se acostumando com o que vê. O queixo, drasticamente reduzido e pontiagudo, o pescoço, que agora revela uma rede de ossos finos. Todas as partes do corpo dela que antes eram macias, de repente, tornaram-se afiadas como lâminas. E, o tempo todo, parecem apontadas para ele em uma acusação silenciosa.

Como tem sido todas as noites há mais de um ano, a cozinha está tomada pelo cheiro de celeiro molhado e vegetal queimado, como se a Mãe Natureza estivesse pegando fogo.

— Isso tá com um cheiro bom, Beth — ele diz, usando aquele tom alegre e exagerado que adota depois de passar o dia inteiro com Hot Pocket.

Ela olha para ele.

— O quê? Eu te pedi pra não me chamar assim, lembra?

— Foi mal. — Ele levanta as mãos, como se ela lhe tivesse apontado uma arma. — Isso tá com um cheiro bom, Elizabeth.

— Tá quase pronto — ela responde.

Ela tira do forno uma assadeira cheia de algo que, para ele, parece um monte de tocos de cocô de cachorro carbonizado. Toda noite, Beth pratica essa forma de tortura com algum vegetal da família do repolho. Antes, ela oferecia algo diferente para ele — pãezinhos de presunto e queijo, sopa de batata e alho-poró —, além dos punitivos pratos de grãos, tofu e broto que cozinhava para si mesma. Ultimamente, porém, Beth anda falando sobre um tal de "declive escorregadio na dieta".

Ele não faz ideia do que isso significa, mas prometeu ser "mais compreensivo".

— Parece ótimo — ele murmura agora, observando enquanto ela despeja no prato dele aqueles grãos com cara de larva de mosquito, cheirando a casco de cavalo. Ele cutuca a montanha com o garfo cautelosamente.

— Como é que essas minhoquinhas se chamam mesmo?

— Quinoa.

— O quê-oa?

Beth dá um gole no vinho branco chileno, que primeiro despejou num copo medidor antes de servir na taça. Observa enquanto ele empurra as larvinhas pelo prato com o garfo.

— Se quiser, faço um queijo quente pra você.

— Eu como o que você come, lembra? Vestido novo?

— Sim.

— É bonito.

— Você acha? Não tá... exagerado demais?

Ele observa os laços esquisitos nas mangas, o decote assimétrico, o cinto fino apertando a cintura meticulosamente ajustada.

— Hum... exagerado como?

— Sei lá. Muito justo?

Ele olha para ela, sentada do outro lado da mesa, ereta demais. O vestido está tão justo que ela não tem escolha a não ser permanecer rígida na cadeira.

— Não.

E, rapidamente, enfia uma garfada cheia de larvinhas na boca. A cara que ele faz ao engolir acontece contra a vontade dele.

— Pelo amor de Deus, Tom. Deixa eu fazer o sanduíche, vai.

— Não, isso aqui é... interessante. Sério. — Ele engole mais um bocado, dessa vez empurrando a comida para dentro com um gole de cerveja.

Beth solta um risinho pelo nariz no meio de um gole de vinho.

— O que foi?

— Nada. E aí, como foi o trabalho?

Ele toma mais um gole da cerveja. Antes, quando Beth era um pouco maior, ela se sentia perfeitamente feliz em jantar com ele num silêncio confortável, fumando um Camel Light enquanto ele devorava fast-food na frente de um filme de monstro. Agora que eles jantam grãos cozidos à luz de velas, Beth exige conversa. Enquanto ele desfia detalhes aleatórios do dia, frequentemente se perdendo no meio da história, ela o interrompe com um, "E o que mais?", naquele tom seco, e ele se sente cada vez mais parecido com um daqueles cachorros de brinquedo que ficam dando saltos mortais de costas. Depois do terceiro "E o que mais?", ele acaba contando sobre Dickie e sua aventura com sexo gástrico.

— Ele até ofereceu ela pra gente. Pro Hot Pocket e pra mim. Dá pra acreditar?

— Por que você tá me contando isso?

— Achei que você ia achar engraçado — ele diz, tomando outro gole da cerveja.

Tom não pretendia soltar aquele último detalhe sobre a oferta, mas agora já era. Não tem como voltar atrás. Ele observa Beth ficar estranhamente quieta enquanto ela mastiga a nova informação junto a uma bocada de brotos.

— Sei lá — ela diz por fim, acendendo um cigarro e batendo a cinza no prato. — Talvez você devesse aceitar.

— Beth.

— Você ia achar divertido. Nostálgico.

Ele suspira, pescando uma bolinha amarela da salada Califórnia que Beth preparou. Ele a gira entre os dedos, estreitando os olhos, como se estivesse segurando um globo em miniatura, como se aquele negócio contivesse o mundo inteiro.

— Que porra é essa? Uma laranjinha?

A intenção era só mudar de assunto. Em vez disso, o rosto dela — ou o que sobrou dele — se transforma em uma enorme mancha vermelha.

— *Não.*

— Hum... — ele diz, girando a bolinha mais uma vez. — Pois parece.

— Mas não é, *porra*.

— Jesus. Relaxa. Não é uma laranjinha, entendi. Desculpa aí por não ser um chef genial como certas pessoas por aí.

Ele espera uma risada, mas, em vez disso, os olhos dela se enchem de lágrimas.

— O que foi?

— Nada.

Ele suspira, dá um gole na cerveja e deixa que ela chore um pouco, mantendo os olhos fixos na fina coluna dórica à esquerda dela. É a coisa mais inútil do mundo, Tom pensa, observando. Não está segurando nada. Só está ali, dividindo a sala de jantar da sala de estar, porque é o tipo de idiotice que impressiona otários que decidem alugar apartamentos só por ganharem *biscotti* grátis e porque tem academia no condomínio. Há alguns meses, Beth enrolou umas luzes roxas de Natal em volta dela, mas nunca as ligou, o que só piora o ridículo da coisa.

— Eu odeio como você me vê, só isso — ela diz, espantando as lágrimas com a mão como se fossem moscas. Porém não adianta; elas continuam escorrendo, fazendo seu queixo afiado tremer de um jeito tristemente patético.

— Como assim, como eu te vejo?

Ele encara Beth com atenção, sóbrio apesar da névoa de álcool na cabeça. Ela imediatamente baixa os olhos e vira o rosto, escondendo-se atrás da cortina de cabelo preto — um reflexo defensivo dos tempos em que era uma garota gorda.

— Sei lá — ela responde, fingindo examinar as unhas. — Como uma dessas pessoas que... sei lá... comem laranjinha.

— Isso é ridículo — ele diz. — Você tá sendo ridícula.

Ela se levanta da mesa. Tom ouve portas de armário e da geladeira batendo, o som do vinho, *glug glug glug*, no copo medidor, depois na taça. Beth volta para a mesa com uma taça que parece conter 50 ml exatos de branco seco e um quadradinho de chocolate amargo, tirado de uma barra guardada no fundo do armário — o mesmo lugar onde um alcoólatra esconderia uma garrafa de gim. Vê-la curvada sobre esse quadrado minúsculo é mais triste do que os legumes queimados, os grãos com cara de larva, ou as taças de vinho medidas ao mililitro. É como assistir a um esquilo desolado, segurando um pedaço de lixo que confundiu com uma noz.

— Você queria, né? — ela pergunta baixinho, depois de um silêncio que parece interminável.

— Queria o quê? — ele pergunta, sabendo exatamente o que ela está insinuando, mas querendo ouvir da sua boca.

— Nada — ela diz.

— Não, fala, *Elizabeth*. O que é que eu queria?

Ele olha para ela, mas Beth mantém os olhos fixos no prato, agora coberto de cinza de cigarro.

— Comer aquela gorda.

Jesus. Ele a provocou para que falasse, mas não esperava que ela dissesse aquilo em voz alta. Foi como levar um tapa na cara. Tom sai, batendo a porta de leve, mesmo que ela chame o nome dele duas vezes, implorando que volte.

No estacionamento vazio do Del Taco, dentro do Honda, ele bebe uma Coca-Cola gigante e enfia batatas fritas encharcadas de chili na boca, sem olhar para o para-brisa coberto de insetos nem para o céu sem estrelas, somente para a frente.

Quando Beth perdeu peso, ela ainda se permitia um prato de batata frita com queijo a cada duas semanas. Eles iam buscar num fast-food que tinha enormes cabines de couro falso com telefones embutidos, onde se fazia o pedido. Ela gostava de comer as batatas com uma mistura de ketchup e maionese. Tom, que havia crescido no estado onde este tipo de molho foi inventado, ainda assim achava meio nojento vê-la misturar os dois condimentos com uma batatinha até formar um tom obsceno de rosa sangrento. Certa vez, até fez uma cara de nojo. Ela viu e chorou. E, por meses a fio, não comeu nada que não fizesse parte de sua dieta draconiana na frente dele.

O celular vibra pela quarta vez no banco do passageiro. Sabe que é Beth. Ele o ignora. Depois dirá que o telefone caiu entre os bancos.

Ao voltar para casa, encontra Beth encolhida no sofá, folheando um livro de receitas chamado *Roast Chicken and Other Stories* enquanto assiste *America's Next Top Model*. A única coisa mais perturbadora do que vê-la assistindo a isso é quando Beth coloca no Food Network e, com um bloquinho no colo, vai anotando receitas decadentes que Tom sabe que ela nunca vai fazer.

— Foi no Wendy's, né? — ela diz, sem desviar os olhos da tela.

— Claro que não — ele responde. O que tecnicamente não é mentira.

Ele se senta ao lado dela. Beth está vendo o episódio final da décima temporada. Sabe disso porque foi a única temporada que ela comprou no iTunes, e a que mais vê: nela, a vencedora do concurso é uma modelo plus size. Da primeira vez que assistiram à moça cheinha ganhar o programa, ele não havia prestado muita atenção, pois estava jogando *World of Warcraft* ao mesmo tempo no laptop. Mesmo assim, ficou emocionado. Pensou, "Bom pra ela. E bom pra *sociedade* também".

Virou-se para olhar Beth, esperando vê-la radiante, mas, em vez disso, percebeu que seu rosto estava inchado, demonstrando uma dor abjeta, como se alguém lhe tivesse dado um soco.

— Meu Deus, Beth. O que foi?

— Nada, eu só acho que aquela garota da Somália devia ter ganhado. O rosto dela era bem mais bonito. No geral.

E, ainda assim, ela assiste a esse episódio repetidamente, sempre com um fascínio meio vergonhoso. Quando o episódio termina, ela desliga a TV, fecha o livro de receitas e olha para ele.

— Você vem pra cama?

— Daqui a pouco. Preciso fazer umas coisas no computador antes.

Dickie não cala a boca; só fala sobre a tal garota gorda. Tom achou que, depois de algumas semanas, ele seguiria em frente, contando sobre alguma recepcionista gostosa com uma técnica de boquete medíocre ou sobre como conseguiu embebedar uma das garotas da Goldman Sachs e convencê-la a se fantasiar de coelhinha. Mas não. Toda vez que Dickie abre a boca, é para falar dela. Como é o melhor sexo da vida dele. Como nem consegue explicar direito de tão bom que é. Como parece que atingiram um nível sexual superior ou alguma coisa assim. Sério, é de deixar qualquer um maluco.

Ele fala disso tomando Fireballs no Dead Goat. Comendo pizza no Italian Village. No self-service próximo do Southern X-posure, o clube de strip-tease, e os olhos dele nem se desviam para as curvas firmes das dançarinas brilhando sob os holofotes — a quem descreve como "gostosas por fora, mas mortas por dentro". Fala disso fumando no estacionamento do escritório, com a fumaça da rodovia soprando na cara deles como o vento do fim do mundo. E agora Dickie diz que o relacionamento está ficando sério. Na verdade, acha que talvez esteja apaixonado. Tem quase certeza de que quebraram alguns recordes na noite passada. Depois, fumaram maconha e fizeram tortinhas amanteigadas. Ele traz um pote cheio delas para o escritório e as oferece para todo mundo, especialmente para as secretárias gordas, que pegam punhados gulosos e dizem que são "deliciosas".

— E são mesmo, não são? — Dickie pisca para Tom.

Ele lhe oferece uma, mas Tom recusa friamente.

Sábado. Quatro de Julho. Ele e Beth estão indo para a casa de Hot Pocket para participar do churrasco da firma. Ela está emburrada no banco do passageiro, curvada sobre uma bandeja de legumes com um ramequim de homus sem gordura no meio. Curvada entre aspas, uma vez que Beth está usando outro vestido justo demais e mal consegue se mover. Novo. Preto, como se estivesse de luto. Cheio de pequenas e castas flores bege. Meia arrastão. Salto alto. Para ir a um churrasco.

— Tá exagerado demais? — ela perguntou antes de saírem de casa.

Puta que pariu. Lógico.

— Você tá linda.

Agora, ela não fala com ele. Só fica olhando fixamente para o para-brisa. Quando ele pergunta o que ela quer ouvir, só responde:

— O que você quiser. — Ele dá um tapinha no joelho dela, e Beth retribui colocando a mão sobre a dele, mas continua olhando para o vidro. — Sério, escolhe você.

Provavelmente está chateada porque vai perder o que chama de "dia da recompensa". A cada duas semanas, no sábado à noite, ela se permite tomar duas margaritas duplas e comer enchiladas vegetarianas no Blue Iguana, seguidas de um Brownie Bonanza de sobremesa no Ben & Jerry's. Embora o apetite voraz dela ao encontrar aquela cestinha de tortilhas o assuste e entristeça um pouco, Tom também espera ansiosamente por essas noites. É a única vez que vê o rosto dela relaxar, a corda da restrição afrouxada o suficiente para que sua beleza também corra livre. Quando está pegando tortilhas da cestinha freneticamente com os dedos, Beth se torna expansiva e descontraída, e não para de conversar. Ele aprendeu a não olhar para os dedos dela. Se encará-los, Beth para de comer e se cala. Nessas noites, eles falam sobre filmes, livros, músicas que amam e odeiam, como na época em que se conheceram e conversavam horas pelo telefone. É bom, por um tempo. A única coisa que ele não gosta é da decepção escancarada no rosto dela quando a última tortilha é devorada, a última colher de sorvete engolida, e a consciência de que tem mais duas semanas de brotos pela frente começa a nublar suas feições.

E claro, no caminho de volta, ela sempre começa a se sentir mal. "Tô tão cheia. Não devia ter feito isso. Nem aproveitei. Tem água com gás em casa?" E então ela passa o resto da noite emburrada, bebendo água Perrier direto da garrafa, cheia demais e enjoada demais para transar com ele.

— Hot Pocket vai servir chips com molho — Tom diz agora. — Sorvete também. Essas coisas divertidas, sabe?

Ele tenta dar outro tapinha no joelho dela, mas Beth se afasta, reorganizando os palitos de nabo e funcho na bandeja de legumes. Quem coloca nabo numa bandeja de legumes? Ele consegue ver algum chef do Food Network sorrindo para a câmera e dizendo: "Uma bandeja de vegetais não precisa ser só cenoura, aipo e tomate cereja! Que tal dar um toque especial com nabo, funcho e cebolinha?"

Ele consegue imaginar Beth encolhida no sofá, concordando com a cabeça, anotando a receita no bloquinho para testar depois, junto com todas as outras coisas esquisitas que ele nunca consegue identificar — como aquela laranjinha — entulhando a geladeira e trabalhando para deixar cada osso no corpo da esposa dele ainda mais visível.

— Não posso comer lá — ela diz então.

— Por quê?

— Você *sabe* por quê.

A chuva começa a cair de novo, mas é uma daquelas pancadas rápidas e fortes de verão.

— Não, eu realmente não sei.

— Não posso comer na frente *dela*.

Por "ela", Beth quer dizer Brindy, a ex-stripper com que Hot Pocket se casou. Desde que, uma vez, Tom deixou os olhos se demorarem um pouco demais no decote dela enquanto Brindy lhe oferecia um enroladinho de salsicha numa bandeja, Beth pegou birra da mulher.

— Acha que podem grelhar isso pra mim? — ela pergunta de repente, segurando um hambúrguer vegano encharcado dentro de um saco plástico.

Tom faz uma careta ao ver as marcas de grelha falsas, os tristes grãozinhos de milho e ervilha espiando do hambúrguer bege e úmido.

— Não vejo por que não.

— Bom, eu não gostaria de ofender a Brindy. Podemos ouvir algo menos deprimente?

— Você não gosta desse CD? É seu. Achei na sua coleção.

Ele havia colocado um antigo álbum do Dead Can Dance que Beth ouvia sem parar quando se conheceram. Naquela época, ela o ouvia deitada, olhando para o teto, completamente imóvel, como se estivesse morta.

Agora, ela encara o alto-falante do carro como se fosse uma aranha que quer ver morta, mas não tem coragem de matar. Tom desliga a música.

— E então, o que você quer ouvir?

— O que você quiser. Só nada *muito* agitado. E nada muito deprimente também.

Isso é um código para: nada de eletrônica, nada de música clássica e, basicamente, nada de tudo o que ele ama — e que ela já amou um dia.

— Isso não é deprimente. Só é triste. A tristeza é bonita. Ela me faz feliz.

— Bom, eu só me sinto triste mesmo.

Ele a observa ajustar o xale nos ombros magros. Essa mulher que, nas primeiras vezes que veio visitá-lo, adorava se deitar no chão de madeira da sala de estar e deixar as lágrimas escorrerem pelos cantos dos olhos até acumularem nos ouvidos, enquanto um álbum inteiro do Nick Cave tocava ao fundo.

— Os peitos dela são falsos, sabia? — ela diz agora. — Os peitos da Brindy.

Ela não se cansa de lembrá-lo.

— Pois é, já ouvi falar.

— E vazam. Ela mesma me contou. Teve que fazer, tipo, um milhão de cirurgias pra consertar. Porque vazam. Chega a ser triste.

— Pois é — ele diz, com os olhos na estrada. — Muito triste.

* * *

Brindy abre a porta vestindo shorts jeans curtos e uma camiseta sem mangas. Mais tarde, Beth vai dizer que ela usou essa roupa de propósito, só para provocá-la.

— Tom! — Brindy exclama, abraçando-o.

— Elizabeth, quase não te reconheci — acrescenta, sorrindo.

— "Ela adora me provocar", Beth vai dizer. — Você tá linda. Tá sempre tão arrumada, eu adoro isso.

"E essa história de 'ai, adoro como você tá sempre tão arrumada'?", Beth vai dizer depois. "Tipo assim, vai se foder. Ela tem cara de quem passa glitter nos pelos da xana."

Sob o olhar sombrio de Beth, Tom se esforça, com toda a concentração do universo, para não deixar os olhos se deterem sobre as pernas longas e flexíveis ou nos peitos firmes da esposa do amigo.

Na cozinha, Brindy oferece daiquiris de melancia para os dois.

— Vocês têm que provar! Tá uma *delícia*!

Pelo canto do olho, ele vê o rosto de Beth escurecer, virando um verdadeiro ábaco de contagem de açúcar e carboidratos. Incapaz de assistir à cena, Tom sai da cozinha antes de ouvi-la perguntar:

— Vocês têm vinho branco seco?

Lá fora, com seus óculos escuros Oakley, Hot Pocket vira bistecas na churrasqueira, ao lado de uma pirâmide de carne marinada em uma bandeja de alumínio. Costelas. Filés. Mais bistecas. Ele usa bermuda e uma daquelas camisetas com GAME OVER estampado, mostrando um casal diante do altar, o noivo com X no lugar dos olhos.

— Tom — ele diz, pegando uma cerveja do cooler e jogando para ele.

— A gente... ãhn... trouxe uma coisa para a churrasqueira — Tom diz, levantando o pacote molhado de hambúrguer vegetal como se fosse o rabo de um gambá morto.

— Jesus. — Hot Pocket levanta os óculos escuros e ergue o pacote contra a luz do sol. — Que porra é essa?

Tom dá de ombros.

— Alguma coisa de tofu. — Ele abaixa um pouco a voz. — É pra Beth.

Hot Pocket olha na direção de Beth, que está entre duas tochas tiki, fazendo cara feia enquanto cheira com desconfiança um salgadinho de milho azul. Tom espera que ele proteste em nome de toda a carne sagrada que está prestes a ser sacrificada na grelha, mas Hot Pocket só dá um tapa nas costas dele e diz:

— Lógico, de boas.

Tom fica ali, curvado e meio melancólico, absorvendo o cheiro de carne e entornando várias latas de cerveja até o quintal começar a oscilar levemente diante de seus olhos. Mais gente chega. Ele percebe que a maioria dos homens está olhando para Beth, que, por sua vez, está ocupada demais fuzilando Brindy com os olhos para notar. Ele pesca mais uma cerveja do cooler.

— Ué, cadê o Dickie? — ele resmunga. — Achei que ele vinha.

Dickie garantiu que estaria lá. Ameaçou até trazer a nova namorada.

— Pois é — Brindy grita da mesa de piquenique. — Cadê o Dickie?

Todo mundo sabe que a festa de verdade só começa depois que Dickie chega.

— Provavelmente trepando com aquela gorda — Beth diz, e, pelo tom da voz, Tom sabe que ela já está pelo menos dois drinks além do limite da contagem de unidades de álcool e gramas de carboidrato.

— Que gorda? — Brindy pergunta.

— Uma garota com quem Dickie tá saindo — Hot Pocket responde, virando os bifes de novo.

— Aiii, *que fofo*. — Brindy pega um punhado de salgadinhos de milho.

— *Fofo?* — Beth cospe a palavra. — Ele chama isso de *sexo gástrico*, pelo amor de Deus. E só tá comendo essa garota porque ela topa fazer de tudo. Como é que isso pode ser *fofo*?

— Continuo achando fofo — Brindy insiste em voz baixa, mordiscando um salgadinho.

— Não sei se vou saber quando isso estiver pronto, Elizabeth. — Hot Pocket cutuca o hambúrguer vegetariano com a pinça. — Essas, hã... marquinhas de grelha aqui são meio confusas.

— É só esperar ficar marrom, Matt. — Ela sempre o chama de Matt. "Eu me recuso a chamar um homem adulto de Hot Pocket."

— Tá — diz Hot Pocket, em tom duvidoso. Ele joga o hambúrguer na grelha. O negócio começa a chiar e estalar, como um peido maligno e interminável.

Tom passou a semana toda ansioso por essa refeição — carne, espiga de milho, batata chips, saladas cheias de maionese. Agora, porém, com tudo lindamente empilhado no prato de papel na frente dele, não consegue comer. Em vez disso, sente a pressão subir, os dedos apertando cada vez mais forte o garfo ao ouvir a esposa recusando, um por um, quase todos os pratos do churrasco. Ele relaxa um pouco quando, finalmente, ela aceita um pouco de salada para acompanhar seu prato de palitos de nabo e hambúrguer vegetariano (sem pão, claro). Assim que ela começa a cutucar sem ânimo a alface, ele decide que não vai deixar que estrague esse momento, e então devora as costelas com violência, mas sem prazer.

— Por que você não tá comendo carne? — pergunta Maddy, a filha de sete anos de Hot Pocket e Brindy, olhando para Beth. Maddy está vestida de princesa das fadas e tem o rosto lambuzado de molho barbecue. Ela encara Beth com os grandes olhos cor de avelã da mãe.

Beth move o olhar das asinhas de papel da menina para a tiara de plástico e força um sorriso meio sem jeito.

— Porque eu não como carne.

— Maddy, meu amor, come seu hambúrguer — diz Brindy.

Mas Maddy não está nem aí pro hambúrguer. Ela continua olhando para Beth. Tom se encolhe, ouvindo a pergunta antes mesmo de ela sair da boca suja de molho da menina.

— Você não era bem gord...

— Sabe — Brindy interrompe —, eu simplesmente amo esse vestido, Elizabeth. Onde foi mesmo que você comprou?

Tom sente o olhar de Beth atravessar a mesa até ele, mas mantém os olhos fixos nas costelas semi comidas no prato.

Tom e Hot Pocket estão no quintal lateral, fumando um baseado sob o brilho de uma lanterna japonesa. Ele consegue ouvir o papo animado (e meio bêbado) de Brindy e Beth sobre óleo de linhaça e exercícios para a parte interna da coxa. Vê que Beth até aceitou um copinho minúsculo do daiquiri de melancia de Brindy — sua má vontade momentaneamente superada pela gratidão de ter sido salva da sinceridade impiedosa de uma criança de sete anos.

— Você é um cara de sorte, Tom — diz Hot Pocket, dando um tapa nas costas dele.

— É... — Tom resmunga.

As pessoas vivem dizendo isso para ele. Olham para Beth, Elizabeth, seja lá qual for seu nome agora, com seu longo cabelo preto, a pele clara e lisa, e o jeito como o pouco que sobrou dela se encaixa perfeitamente num vestidinho justo e sexy, e sentem a necessidade de dizer isso. No entanto, o que Tom vê é a forma curvada como ela caminha, como se a magreza fosse um soco no estômago. A aura pesada que paira ao redor dela e nunca parece abandoná-la. O estado deplorável dos sapatos de salto e as meias cheias de rasgos, porque Beth gasta tudo o que tem em vestidos apertados demais, caros demais e chiques demais para qualquer ocasião. Ele fantasia em queimar aquele maldito casaquinho preto de manga curta que ela insiste em usar até no auge do verão, por cima de cada vestido, independentemente da cor e do modelo, porque sempre compra tudo pequeno demais. Ele já viu as manchas de desodorante nas axilas, já sentiu o fedor delas — suor, esforço, perfume. E ele não se sente sortudo. De jeito nenhum.

Antes, quando ela era gorda, eles transavam muito mais. Agora, Beth está sempre com fome, irritada, ou distraída demais. Ou então diz que ainda se sente como "uma estranha no próprio corpo". Quando disse isso pela primeira vez, Tom insistiu que era uma ideia ridícula. Agora, porém, entende perfeitamente o que ela quis dizer. Ele também se sente meio desajeitado quando abraça o que restou dela, quando suas mãos encostam nos ossos salientes das costas e dos ombros. E ela também não parece confortável nua, obcecada com o que chama de "as evidências". Envergonhada dos seios murchos, da pele frouxa na barriga. Ela ainda vai para a cama praticamente vestida, cobrindo certas partes com as mãos, exatamente como fazia quando era gorda.

A garota gorda volta para ele como um sonho quase esquecido.

— Cadê o Dickie, hein, caralho?

— Sei lá.

— Dá pra acreditar que ele ofereceu aquela garota pra gente?

Hot Pocket dá uma risada e traga mais uma vez.

— Dickie é assim, né? Um doente.

* * *

Ele não se lembra se foi ele ou Hot Pocket quem teve a ideia primeiro. A de passar lá. Na casa do Dickie. Não para... você sabe... óbvio que não. Só para dar uma olhada nela. Na garota gorda. A que topa tudo. Só por, sei lá, curiosidade.

Hot Pocket checa o relógio. Ainda é cedo. Ele não deveria sair da festa.

— Você falou que queria mais cerveja — diz Tom. — A gente pode pegar mais no caminho.

— É... mal não faz.

Eles realmente precisam de mais cerveja.

Eles dizem para as garotas que vão sair para comprar mais cerveja e, quando Tom dá por si, já está dirigindo o SUV de Hot Pocket, cruzando trilhos, ziguezagueando por restaurantes mexicanos rançosos, atravessando postos de gasolina onde rolam várias guerras de gangues, na terra de ninguém situada entre os bairros de Hot Pocket e Dickie. Ele meio que espera que Dickie more num cubo de vidro ou num vibrador gigante ou algo assim, mas é só um bangalô normal. Deprimente, baixo demais, cor de terra, igualzinho a todos os outros da rua.

Todas as luzes da casa estão apagadas. Tom sai marchando pelo gramado, mas Hot Pocket fica para trás.

— Ei, espera — ele chama. — Já tá meio tarde, né?

— Cara, a gente tá falando do Dickie — Tom responde. — A essa hora, ele tá na hidro vendo filme de samurai.

Ignorando os protestos de Hot Pocket, Tom tropeça até a porta, toca a campainha e junta as mãos na frente do corpo, balançando sobre os calcanhares. Suas mãos estão quentes e suadas. Ninguém atende.

Ele soca e soca a porta até os nós dos dedos ficarem em carne viva, ignorando os "Vamos sair fora" de Hot Pocket, pensando que se recusa a sair dali até dar uma olhada nela. Finalmente, Dickie aparece na porta, com os olhos lacrimejando. Está usando uma daquelas camisas com estampa de dançarinas de hula-hula, aberta até o umbigo. Está com a cara meio amassada, um brilho suspeito no rosto e um jeito meio sedado que sugere a Tom que acabou de gozar.

— E aí, gente. Que porra é essa? Meio tarde pra uma visita, não?

Enquanto Hot Pocket balbucia um pedido de desculpas meio embriagado, Tom emenda:

— A gente saiu pra comprar mais cerveja e resolvemos dar uma passada aqui. Vocês não iam pra festa?

— Ah. — Dickie pisca devagar. — Era hoje? Putz, acho que a gente meio que se distraiu com outras coisas e esqueceu.

— Então...? — Tom pergunta, esticando o pescoço para espiar o corredor escuro atrás dele.

— Então o quê? — Dickie retruca, fechando mais a porta para que só ele fique visível. Tom percebe um brilho inquieto, meio de fuinha, nos olhos dele.

— A gente pode entrar? — Tom pergunta, ignorando o puxão de Hot Pocket no seu braço.

— *Agora?* — Dickie franze a testa.

Tom dá de ombros.

— Ué, você tem que acordar cedo pra ir pra escolinha amanhã? A gente só queria... dar um oi.

Dickie encara Tom. Tom encara Dickie de volta. Ele balança a cabeça.

— Boa noite, babacas — diz, já fechando a porta. Mas Tom enfia o pé no canto da porta antes que ele consiga fechá-la.

— Caralho, Tom, que porra deu em você?

Tom não responde. Mantém o pé ali, os olhos vasculhando o corredor escuro atrás de Dickie.

— Vai tomar no cu!

Então, ele ouve uma voz feminina sair lá de dentro:

— Tá tudo bem aí?

— Tá tudo ótimo — Dickie responde, lançando um olhar mortal para Tom.

Tom força os olhos na escuridão, tentando ver alguma coisa, qualquer coisa, mas não enxerga nada. A voz dela não se parece nem um pouco com a de Beth. Ele olha de volta para Dickie, que ainda está parado ali, carrancudo, na sua camisa de dançarinas de hula-hula. Sente Hot Pocket puxando seu ombro e murmurando que talvez seja melhor irem embora.

Suspirando, Tom tira o pé da porta. Ela bate na cara dele.

Quando voltam para a festa, Brindy diz que Beth já foi embora. E não só saiu antes dos fogos de artifício, como também...

— Ela parecia bem chateada.

Dirigindo sozinho para casa no SUV de Hot Pocket, Tom sente as cadeias de montanhas dos dois lados, duas faixas de escuridão compacta em meio às sombras da noite.

Cambaleando pela porta do apartamento, ele chama o nome dela duas vezes. Não há resposta, mas, dessa vez, a coluna dórica da sala está acesa. Ele anda até ela como se fosse um farol, e consegue ver, sobre a lareira, todas aquelas fotos da nova versão de sua esposa — os dois juntos, ela com a mãe, algumas só dela — de Elizabeth. Não de sua Beth, mas de Elizabeth. Magra, rígida, vestindo aqueles vestidos justos e bem cortados de todas as cores; os lábios são uma linha vermelha dura, dando um meio sorriso com um único lado da boca. No centro, a urna com as cinzas da mãe, que ela se recusa a jogar onde quer que seja.

A caminho do quarto, ele passa pelo aparelho elíptico que ela comprou no Home Shopping Network, algo entre uma bicicleta ergométrica e uma esteira, chamado Gazelle. "Pros dias em que eu não tô a fim de encarar a academia", ela disse, seja lá o que isso signifique. Tem tantas coisas que Tom não entende mais.

Ali, entre o visor de calorias queimadas e os quilômetros "gazelados", Beth colou uma foto de si mesma tirada num churrasco da empresa, uns anos atrás, quando ainda estava no processo de emagrecimento. Dobrou a foto ao meio para que possa ver somente a si mesma, mas quando ele a desdobra, vê que também está ali, vermelho e sorrindo descontraidamente para a câmera, um braço fino jogado sobre o ombro dela. Beth está inclinada contra ele, sorrindo com o rosto enfiado no sovaco dele, um grande S de cabelo escuro brilhante cobrindo um dos olhos. Está usando um suéter preto enorme e uma saia longa e escura. "Meu vestido de gorda", é como ela o chama agora.

Naquela noite, a esposa esquelética de algum colega babaca soltou uma piadinha sobre o peso dela e Tom não a defendeu. Pelo menos, foi o que Beth disse quando chegaram em casa. Ele não se lembra de não a ter defendido. Agora, Tom imagina que a esposa "gazele" cerca de oito quilômetros por dia olhando para essa metade da foto, onde ela está sorrindo, mas também tem uma expressão meio assustada, como se a câmera pudesse lhe desferir um soco a qualquer momento.

Foi por essa garota que ele se apaixonou. A garota que amava músicas tristes, a garota que não queria fazer nada além de se deitar com ele no escuro e deixar onda após onda de som denso e sombrio rebentar sobre eles. Talvez essa seja a única foto dela que sobrou. Talvez a esposa tenha escondido as outras numa caixa em algum lugar, mas o mais provável é que tenha simplesmente se livrado de todas.

"Eu fiz isso por você, sabia?", ela sempre diz.

"Será?", ele quer responder.

Porque ele não se lembra de ter pedido que ela comesse laranjinhas ou se matasse em cima de aparelhos de ginástica, mas vai saber, né? Talvez, durante todos esses anos, todas as maneiras como ele a olhava ou não a olhava, todas as coisas que disse ou não disse o suficiente, tenham se transformado nesse pedido horrível sem que ele soubesse — como aqueles bilhetes de resgate feitos com letras recortadas de revistas diferentes.

Ele tira a foto de Beth do Gazelle, raspa a fita das pontas e a segura diante das luzes roxas que piscam. Enquanto encara a imagem, ainda meio trôpego de cerveja e maconha, seus dedos coçam para fazer algo com ela — queimá-la, emoldurá-la. Está prestes a rasgar a foto quando ouve, lá do fundo do corredor, gemidos de sexo. Eles lhe parecem forçados, violentos e estranhamente familiares.

Tom encontra Beth no escritório, sentada à escrivaninha, com o laptop dele aberto diante de si. Tem as costas viradas para ele, as omoplatas ossudas apontando acusatórias, como setas, enquanto os gemidos de todo o histórico de navegação que Tom nunca se preocupou em limpar ricocheteiam pelo quarto pequeno e de paredes finas. É o vídeo que ele assistiu outro dia, das duas empregadas gordas, especificamente a cena em que decidem demonstrar sua "versatilidade" aos patrões. Só que ele se não lembra de ter sido tão alto assim. No reflexo da janela, Tom vê Beth tapar a boca com a mão, a expressão congelada entre horror, nojo e fascinação.

— Beth — ele chama, meio como uma pergunta, mas já sabe que não adianta. Percebe que ela está completamente hipnotizada pelas garotas gordas, pelo espetáculo de carne que ela levou incontáveis quilômetros para "gazelar", pelo êxtase que sentem e que, agora, está cansada, faminta e furiosa demais para conseguir sentir.

E ele sabe que ela também o vê ali, no reflexo da janela, parado no batente escuro da porta, chamando seu nome suavemente.

10

Von Furstenberg × eu

Contra todo bom senso, cá estou eu no provador de novo, lutando com o Von Furstenberg. Joguei o vestido por cima da cabeça e estou tentando enfiar os braços nas mangas, mesmo que ele prenda meus ombros e caixa torácica num golpe de judô. O tecido está esticado na minha cara, tapando minha visão e cortando meu ar, mas eu respiro através do tecido do jeito que dá. Esse é o momento de maior desespero. Esse é o momento em que ela sempre escolhe bater na porta.

Ouço o som dos saltos dela se aproximando, aquele clique-clique lento e calculado. Três batidinhas na porta com os nós dos dedos cravejados de opalas. Meu corpo todo se prepara, cada terminação nervosa fica tensa, como um gato prestes a saltar. Quando ela fala, a voz soa clara e cortante como um sino.

— E aí, como nós estamos nos saindo?

"Nós". Ela quer dizer eu e o Von Furstenberg. O Von Furstenberg e eu. Ela me viu, com o canto do olho perfeitamente delineado, indo até o fundo da loja buscar esse vestido, entre os frígidos Eileen Fishers e os pomposos Max Azrias, e desaprovou completamente. Ela sabe que o Von Furstenberg é uma entidade separada, que eu e ele nunca seremos um só.

— Tudo bem — respondo, sem me mexer, tentando parecer tranquila. Como se fosse só mais um dia normal de compras.

— Ah, que bom — ela diz. — Me avisa se precisar de alguma coisa.

Mas o que eu ouço na voz dela é: "Desiste, sua gorda".

Ela sabe que estou de olho nesse Von Furstenberg desde a primeira vez que parei do lado de fora da vitrine, observando-a vesti-lo num manequim branco e sem mamilos, jogando umas pérolas falsas em volta do pescoço sem cabeça. Na época, eu nem sabia o que era um Von Furstenberg. Só sabia que era exatamente o tipo de vestido que eu sonhava em usar enquanto comia muffins no escuro e via filmes da Audrey Hepburn. Antes mesmo de conhecer marcas de roupas, eu fazia listas dos vestidos perfeitos — e quando vi esse, foi como se alguém, talvez até Deus, tivesse achado minha lista e a transformado em realidade.

Azul-cobalto, colado ao corpo, com um decote em V na frente e outro atrás, e laços minúsculos descendo pela bunda — como se ela fosse um presente. O tipo de vestido que eu usaria para comparecer ao funeral do meu antigo eu, jogando as cinzas de quem fui do alto de um penhasco.

— Posso provar esse? — perguntei.

Os olhos dela se arregalaram um pouquinho. Pequenos brilhos de incredulidade, como manchas de óleo na água.

— O quê? O Von Furstenberg?

— Isso.

Ela olhou do Von Furstenberg pra mim, depois de volta para o Von Furstenberg, avaliando a cena. Nós dois juntos? Jamais.

Suspirando, me levou até o provador, reorganizando algumas peças no caminho — presilhas em formato de insetos, bolsas

Baggallini, lenços de pavão — para que a viagem não fosse totalmente perdida.

O tempo todo, enquanto o vestido tentava me sufocar, eu podia senti-la do outro lado da porta, andando de um lado para o outro, esperando que eu desistisse, caísse na real.

"Se toca, meu bem."

Mas hoje, não. Hoje estou determinada a provar que ela está errada. Hoje, eu não vou sair do provador, permitir que ela arranque o Von Furstenberg mutilado das minhas mãos e pergunte, com aquela falsa inocência: "E então, como nos saímos?", como se não soubesse exatamente como foi. Como se já não tivesse deixado o vaporizador ligado, pronto para alisar os vincos da minha derrota — uma tarefa que sempre exerce com ternura exagerada. Depois, quando saio da loja, eu a observo pela vitrine, e a vejo pressionar um paninho úmido sobre o vestido, presumivelmente para apagar os rastros de perfume que deixei, mesmo eles sempre estando lá quando volto. No fundo, sei que é só teatro. Algo do tipo: "Olha só o que você faz, gorda. Será que não sabe aceitar um não? O Von Furstenberg não quer você".

Mas e se *eu* não quiser o Von Furstenberg? Será que ela já pensou nisso? Que talvez eu o despreze? Que talvez eu esteja presa nesse duelo com ele contra a minha própria vontade?

Toc, toc.

— Tudo certo aí dentro?

— Tudo ótimo — respondo, puxando o zíper com tanta força que minha língua está para fora, como um personagem morto em um desenho animado, mas eu o sinto subindo. Mais alto do que nunca. E não, eu não estou delirando, ele fechou. Ele serve. É um milagre.

E mesmo que eu esteja ofegante, suada e descabelada da batalha, vejo que, juntos, nós dois parecemos imortais.

* * *

Me vejo saindo da loja já vestida com ele. Imagino o momento em que puxarei a cortina do provador, com meu Von Furstenberg fechado e perfeitamente ajustado, virarei de costas para a atendente e direi, de forma casual, por cima do ombro: "Você pode cortar a etiqueta, por favor?". Talvez até peça uma sacola para o meu vestido velho: "Será que você se importa de guardar meu outro vestido em uma sacola? Hein?".

E é aí que vejo. O rasgo. Um rasgo irregular descendo pela costura lateral. Talvez eu não tenha ouvido a costura se partindo por causa dos meus próprios grunhidos. Já me aconteceu antes, com o Tara Jarmon. Quando o comprei, ele era impossivelmente apertado, mas um dia saí andando por aí, determinada, insistente, e, de repente, não estava mais. De repente, estava lindo, leve e solto. Não entendi, até me ver refletida no vidro de um prédio comercial e notar os cortes nas laterais, abrindo-se feito guelras nos meus quadris.

Toc, toc.

— Tem certeza de que estamos bem aí dentro? — O tom dela diz: "quem insiste no erro, deve pagar o preço". O preço sendo, claro, ser escoltada para fora, educadamente, pelo segurança do shopping.

— Claro — respondo, com os dedos deslizando descontroladamente pelo zíper, mas minhas mãos estão tão suadas do esforço que preciso limpá-las no Von Furstenberg para conseguir segurá-lo direito. E, mesmo assim, o zíper não se mexe.

Penso na minha Gazelle. Treino oito quilômetros por dia encarando uma foto minha, usando um trapo sem marca, colada na telinha da contagem regressiva. Oito quilômetros diários, só para este Von Furstenberg me dizer, sem rodeios, que isso não significa nada.

— Quer outro tamanho? — ela pergunta. E por "outro", claro, quer dizer maior. O que ambas sabemos que não existe na loja.

Já pedi um tamanho maior uma vez e ela disse: "Vou ver isso para você". E, naquele momento, amei essa mulher. Por um curto período de tempo, é verdade, mas amei. Amei as mãos dela repousadas sobre o cós de tweed da calça. Amei o sorrisinho mínimo, uma linha vermelha curvada de deboche. Amei cada osso da garganta fina de avestruz, as omoplatas afiadas como pontas de flecha, o cabelo loiro-acinzentado preso num pente brilhante em formato de louva-a-deus.

Então, ela pegou o telefone para supostamente fazer o pedido, e disse, num tom baixo:

— O valor é de quinhentos dólares, por favor.

— O quê?!

— Bem, obviamente, é preciso pagar adiantado. Ou então, você pode pedir pelo site, se preferir.

— Mas eu nem sei se vai serv...

Foi quando vi. O brilho na cara dela. O lampejo de triunfo. Tipo: "Ha! Eu e você sabemos muito bem que nem um tamanho maior caberia em você, sua gorda".

— Não, esse tamanho tá ótimo — digo agora, entre dentes, puxando o zíper com toda força que consigo reunir.

Já não sei há quanto tempo estou aqui, meio dentro e meio fora do Von Furstenberg, com a lingueta do zíper presa na caverna úmida da minha mão. Meu vestido antigo, aquele que achei que nunca mais precisaria usar, está jogado num canto como um amante abandonado. Ouço os saltos da vendedora clicando ali perto, reorganizando a mercadoria já perfeitamente organizada — presilhas de borboleta com lantejoulas, bolsas em formato de cisne, perfumes que cheiram a sobremesas absurdamente específicas ou a chuvas misteriosas.

Eu poderia simplesmente colocar meu vestido velho por cima, ir até o caixa, e me explicar. Oferecer para pagar pelo Von Furstenberg.

Porém a verdade, e ela sabe disso tão bem quanto eu, é que mesmo se tivesse servido, eu não tenho dinheiro para comprar esse vestido.

Tenho essa imagem horrível na cabeça: a vendedora entra no provador segurando uma tesoura hidráulica de resgate debaixo do braço, alguns fios do cabelo loiro-acinzentado escapando do coque enquanto tenta me arrancar do Von Furstenberg. Imagino o nojo dela ao sentir minha carne cedendo sob suas mãos, mas não tanto quanto o nojo que eu sentiria ao ter aquelas mãos ossudas e brancas tocando em mim. Os outros clientes vão passar pelo provador e olhar para a cena como quem observa um acidente de carro na pista ao lado.

Ou.

Ou talvez eu simplesmente aprenda a viver assim.

Sentada aqui, já começo a sentir meu corpo transbordando do Von Furstenberg. Escorrendo pelo V da frente e pelo V das costas, o volume da minha bunda prestes a estourar os lacinhos ao longo da costura. E aí penso: "talvez seja isso". Talvez essa seja a única saída. Talvez, se eu esperar o suficiente, se eu for paciente, eu simplesmente vá saindo aos poucos. Primeiro a gordura, depois, quem sabe, a gente consiga convencer alguns órgãos a saírem também. Alguns nem fariam falta, tipo o apêndice. Claro, mesmo deixando algumas coisas para trás, o processo vai ser lento. Lento em tempo biológico, mas nem tanto se pensarmos em escala geológica, tipo eras.

Não tem problema. Eu sou paciente.

11

Terapia caribenha

Um dos meus prazeres inconfessáveis é marcar hora com a Cammie no Aria Lifestyle Salon na hora do almoço para fazer um Tratamento Caribenho de Mãos. O salão fica fora de mão, ao sul do centro da cidade, e eu definitivamente não posso me dar ao luxo de pagar por ele com meu salário de estagiária. Além disso, não sei por quê, mas depois que Cammie faz o serviço, a pele ao redor das minhas unhas descasca e sangra por dias. Sem falar na esmaltação porca, que eu mesma acabo destruindo, às vezes minutos depois de sair de lá. Mas, ainda assim... Toda semana, como um ritual, eu fecho a porta do quarto e ligo escondido para marcar um horário, como se estivesse contratando uma garota de programa.

— Oi — sussurro, tentando parecer casual. — Queria marcar um horário com a Cammie.

— Cassie — corrige a recepcionista.

— Isso, Cassie. Quero marcar com a Cassie.

— Que tipo de serviço? — Por que ela está perguntando isso? Será que suspeita de alguma coisa? Não sei dizer.

Quando respondo que é para um Tratamento Caribenho de Mãos, há um silêncio, seguido de muito barulho de digitação. Um exagero de toques, na verdade. O calor sobe pela minha nuca. Fico nervosa quando me coloca em espera e sou forçada a ouvir aqueles sininhos de spa que supostamente deveriam me ensinar paciência. Eu não sou paciente. Começo a roer as unhas, que ainda têm resquícios do esmalte *Bastille My Heart*, lembrança do meu último encontro com Cassie.

Quando finalmente volta à linha, ela me diz que há um problema com o horário. O lance é que eu gosto de marcar sempre na hora do almoço. Peço meio-dia com o tom de quem tem uma agenda cheia e importante, como se estivesse encaixando esse momento de paz entre reuniões de alto nível no distrito financeiro — ou algo do tipo. Só que meio-dia é um horário concorrido para Cassie. A recepcionista me lembra que Hattie, outra esteticista, geralmente tem disponibilidade nesse horário. Será que eu me importaria de marcar com ela? Eu lembro de Hattie. É uma moça de rostinho pontudo, franja como a do monstro do Frankenstein, o corpo feito de tendões. O peito, sob o avental, parece quase côncavo. Digo que não, não quero a Hattie. Quero a *Cammie — Cassie, desculpe.*

A fome me consome quando chego ao salão no dia marcado. Estou só à base de aveia e raiva engolidas ao lado da pia às seis da manhã, mas isso é bom, penso. Não vou almoçar hoje. Com Cammie não preciso disso. Ops, Cassie. Cadê ela? O pânico me aperta a garganta por um instante quando não a vejo entre as funcionárias de blusas esvoaçantes e cortes de cabelo assimétricos. Então me lembro: estou adiantada. Dezessete minutos adiantada, para ser exata.

Digo a mim mesma que cheguei cedo não porque estou ansiosa para vê-la, mas para aproveitar todas as cortesias que o spa oferece. Sento na sala de espera e contemplo o gengibre cristalizado na tigela. As amêndoas tostadas e os damascos secos nos potes de vidro.

Observo outras clientes pegando-os com pequenas pinças de madeira. Muitas dessas mulheres estão no meio de tratamentos, algumas com a cabeça coberta de papel alumínio, de onde brotam tufos de cabelo descolorido. Folheiam revistas de estética e saúde, como *Shape* e *Prevention*, sorvendo chá adoçado com raiz de alcaçuz em xícaras sem alça e cor de terra. Folheio uma *Self* sem prestar atenção em nada e, de repente, começo a me afogar no mar da ansiedade — e se Cassie me esqueceu? E se ela não veio trabalhar hoje? — até que ouço meu nome ser chamado, em tom de pergunta. Levanto o olhar, e lá está ela. Transbordando de um longo vestido de estampa de zebra. Sorriso torto entre cachos vermelhos de saca-rolha. Meu olhar corre ansioso por sua silhueta, buscando sinais de perda de peso. Como não encontro nenhum, solto um suspiro aliviado. O fato de Cassie estar ainda mais gorda do que eu lembrava me satisfaz de um jeito que não sei explicar.

— Oi! — ela diz. — Elizabeth?

— Liz.

— Liz, certo. Vem comigo. Já tá tudo pronto!

Sigo suas costas largas enquanto ela se desloca até a estação de unhas.

— O que vamos fazer hoje? — ela pergunta. — Chocólatra? Crème Brûlée?

— O Caribenho.

— Aaaaah, sim. Esse é o meu favorito.

Na estação, as ferramentas estão todas preparadas: os ingredientes comestíveis em recipientes que imitam cascas de coco abertas; os instrumentos prateados e pontiagudos que ela usará desajeitadamente, causando descamação e sangramento ao redor das minhas cutículas; a tigela de pedra com água salgada e quente onde mergulhará minhas mãos — longas e finas como as de Bela Lugosi — uma de cada vez. E a própria Cassie, com as alças do sutiã lhes apertando os ombros.

Um Olga? Ou um Freya, talvez? Uma dessas marcas de nome nórdico, que, graças a Deus, não preciso mais usar. Só de olhar, sei que Cassie comprou o dela em um número pequeno demais.

— E aí, algum evento especial...? — Cassie pergunta, deixando a frase no ar.

Ela adora a ideia de eu estar ali por causa de um evento especial. Nunca tenho nada do tipo, mas improviso.

— Vou na inauguração de um museu — digo.

— Inauguração de um museu! Que chique.

Ela se acomoda na banqueta à minha frente, fazendo-a ranger sob seu peso. Agora, nada nos separa além da mesinha estreita da estação de unhas. Debaixo dela, nossos joelhos se tocam. E então vem o momento pelo qual pago esses sessenta e poucos dólares — o momento em que ela se inclina na minha direção, tira minha aliança do dedo e segura minhas mãos.

Como sempre, me desculpo por serem tão frias.

— Na verdade, acho bem gostoso — Cassie diz.

Ela sempre fala coisas assim. Certa vez, uma amiga me contou que as strippers se sente obrigadas a dizer para cada cliente para quem fazem lap dance que ele tem um cheiro maravilhoso, e, "Nossa, que perfume você tá usando?". E não pode ser só da boca para fora. Elas também se aproximam e inspiram fundo, como se os vapores da pele suada daqueles homens fossem o ar puro das montanhas, e seus pulmões e narizinhos arrebitados de coelho não quisessem fazer nada além de cheirá-los.

— Está sempre tão quente aqui dentro — Cassie diz, soprando uma mecha vermelha do rosto como prova. As mãos dela sempre parecem quentes e inchadas, como se tivessem sido injetadas com algum tipo de gel morno. Com os dedos, ela traça os contornos das minhas unhas rachadas, minhas cutículas que descascam, minha pele vermelha e áspera.

Como de costume, minhas mãos fazem Cassie franzir a testa, mas de um modo terno, com uma preocupação sincera que faz surgir um pequeno vinco entre suas sobrancelhas cor de camurça. Ela está preocupada — com razão — que, apesar de tantas sessões de Tratamento Caribenho, minhas mãos continuem um desastre. Será que eu não estou usando aquele óleo para cutículas que ela me deu da última vez?

Não estou, mas não digo isso. Faço uma cara confusa, como se não entendesse o motivo.

— Será que é o inverno? — sugiro. — Esses últimos meses foram bem secos.

Pode ser, ela diz — *realmente* foi um inverno seco. Cassie aproxima minhas mãos do rosto.

— Na verdade, talvez você esteja cutucando demais as unhas — ela observa.

Minhas mãos estão secas e rachadas, como se eu as deixasse debaixo de jatos de água fervendo o dia inteiro.

— Hum... — murmuro. — Que estranho.

— Bom, não se preocupe — ela sorri. — A gente dá um jeito.

— Obrigada — respondo, e ela aperta minhas mãos um pouco mais, passando os polegares sobre os nós dos dedos, me fazendo afundar na cadeira.

Ainda estamos de mãos dadas sobre a mesa. E sempre rola aquele momento meio esquisito quando ela solta, abaixa meu pulso e o mergulha na concha de coco com água salgada quente demais.

— A temperatura tá boa?

— Ótima.

— E então — ela diz. — *Aperitivo Criativo* ou *Aortas e Tortas*?

Finjo considerar ambas as opções, mas, honestamente, essas são as cores *dela*. Eu detesto ambas. Nas minhas mãos, tão sem graça, aqueles tons de cor-de-rosa ficam ridículos, mas sei que Cassie odeia os tons terrosos e sanguíneos pelos quais naturalmente me interesso. Então digo:

— Vamos de *Aperitivo Criativo*? O *Aortas e Tortas* fica pra próxima.

— Perfeito, eu amo esse.

— Eu também.

Ela pega um vidrinho de esmalte rosa-choque e o sacode, fazendo seu decote sardento e farto ondular. Tento não olhar, porque olhar acende pequenas chamas dentro de mim. Então, mantenho os olhos fixos na pele do braço dela, que parece transbordar das mangas curtas. "Nada atraente", digo a mim mesma, ainda que a pele dela seja jovem e firme. "Mas não vai ser firme para sempre. Vai envelhecer", digo a mim mesma, e ela também vai. Sempre que estou com fome, ou seja, o tempo todo, imagino Cassie velha. Seu corpo inchado sob um lençol de hospital.

Enquanto ela começa a lixar e polir minhas unhas, conversamos sobre o que temos cozinhado ultimamente, embora eu não faça nada de mais há muito tempo. Cassie sempre está preparando alguma coisa. Geralmente uma mistura de mau gosto, hipercalórica e com um nome indecente. Hoje, ela me conta sobre um bolo que batizou de *Melhor que sexo*.

— Muito gostoso — diz ela.

— Parece delicioso mesmo — digo.

Quando estou com Cassie, começo a usar palavras como "delicioso", mesmo que elas soem estranhas na minha boca. Mesmo sabendo que nunca o farei, pergunto a ela qual é a receita do bolo.

— Ah, é facinho. Primeiro, faz um bolo de chocolate. Sabe aqueles de caixinha? Aí, assim que sair do forno, você vai espetar tudo com um garfo. Depois, joga calda de caramelo e uma lata inteira de leite condensado nos buraquinhos, para que ele absorva bem... Daí é só deixar na geladeira por umas três horas. Ah! E quando estiver geladinho? Cobre tudo com chantilly. Nossa, fica incrível.

— Vou ter que experimentar. — (Jamais.) Minto: — Fiz seus *brownies safadinhos*.

— Fez?!

É claro que não fiz, mas conto como os levei para o trabalho e todo mundo amou e implorou pela receita.

— Passei a receita pra todo mundo. Espero que você não se importe.

— É claro que não!

Ela espalha o esfoliante de açúcar mascavo nos meus antebraços, que logo será seguido de uma massagem hidratante com iogurte. O açúcar arranha, o iogurte refresca. É uma combinação eletrizante. Fecho os olhos.

— E aí, o que você anda aprontando na cozinha? — ela pergunta.

Penso no peito de frango, sem osso e sem pele, que martelei até virar uma tirinha branca e fina ontem à noite, e no qual espremi um pouco de limão assim que saiu do forno — só para dar um gostinho tropical.

— Ah, tenho testado umas coisas novas, mas recentemente fiz um bolo de maçã e conhaque. Nossa, ficou de comer rezando.

Óbvio que não fui eu, mas sim Eve, minha sádica colega de trabalho.

"Eu asso o bolo e depois dou todinho", Eve conta para todo mundo, como se estivesse compartilhando uma dica de confeitaria, tipo adicionar sal no chocolate. Ela sempre aparece no trabalho com uma lata cheia de alguma guloseima coberta com uma camada generosa de glacê, os tendões do pulso visivelmente esticados pelo peso da sua criação. Então, deixa o que quer que tenha feito na salinha dos fundos, para que as mulheres gordas — e as que estão indo para o mesmo caminho — com quem trabalhamos possam se servir de grossas fatias.

— Ai, Eve, que delícia!

— Ai, que bom! — ela sorri. Quando sorri, os cantos da boca dela viram para baixo, seus olhos quase se fecham, e a cavidade da garganta parece ficar ainda mais funda.

No fim do dia, o pote está praticamente vazio, com exceção de umas migalhas. E Eve está lá, diante da pia, lavando tudo com água escaldante, muito satisfeita. Porém, às vezes, ela se esquece de lavar, e sou eu que tenho que fazer isso. Mesmo depois de ter dito mil vezes para não deixar restos de comida no balcão à noite. Por causa das formigas.

Agora estamos na parte da massagem com iogurte, do cotovelo até a ponta dos dedos. Quando Cassie amassa minha palma ossuda como se fosse uma massa de pão, segurando cada um dos meus dedos compridos e puxando-os delicadamente entre os dedos rechonchudos dela, nunca sei para onde olhar. E ela também não. No fim, as duas acabam olhando para aquele ponto logo além da orelha esquerda uma da outra.

— Um bolo de maçã e conhaque — Cassie repete, me trazendo de volta. — Vejo que está tentando visualizar o bolo com o olhar faminto da imaginação. — Parece maravilhoso. Vou ter que fazer pro meu marido. Ele adora essas coisas rústicas do Sul.

Cassie se casou há pouco tempo. Quando me contou, eu quase não acreditei. Primeiro, achei que tinha algo a ver com o fato de ter vindo de uma comunidade religiosa bem pequena, o tipo de gente que enxerga os outros primeiro com os olhos de Jesus. Depois, descobri que ela já não era tão ligada a essa comunidade — pelo menos, não de maneira tão radical — e que o cara era só um amigo do irmão dela que a achava fofa. E o pior é que o cara é *muito* bonitinho. Pelo menos de acordo com a foto que Cassie me mostrou uma vez no iPhone.

Agora está me mostrando outra.

Pego o celular e encaro a imagem como se fosse uma panela de água prestes a ferver, esperando qualquer sinal latente de esquisitice emergir. Um tom amarelado na pele, talvez? Uma sombra de perversão sob os olhos? Um nariz meio torto? Mas não. Até onde posso ver, ele é o puro sal da terra. Gente boa e ainda por cima bonito.

Ainda estou olhando quando, finalmente, ela pega o celular de volta e diz:

— Ele é bem fofo, né?

— Super. Como...? Bom, meus parabéns.

Pergunto se eles ainda estão na fase de lua de mel, e ela cora. Sim, sim, ainda estão. Parece até um sonho.

— Isso é ótimo — digo. — Sério, é bom demais.

E é mesmo.

— Sim — ela concorda. Ela tem muita sorte. — E você e seu marido? Como vocês estão?

Olho para ela, surpresa com a pergunta inocente, e uma cena volta à minha cabeça como um flash: duas garotas gordas em roupas de *bondage* mal ajustadas se chicoteando no chão de uma masmorra cenográfica. Um dos muitos vídeos que encontrei no histórico de navegação do meu marido ano passado. Naquela noite, achei vários outros: garotas gordas vestidas de empregadas francesas, lésbicas ucranianas, líderes de torcida esperançosas. Garotas gordas que sempre pareciam estar rindo ou surpresas porque suas roupas eram apertadas demais. Garotas gordas que, junto com alguns sites sobre música trance e teorias da conspiração, vinham se infiltrando no histórico dele havia meses.

Digo que está tudo ótimo, e sinto o canto da minha boca dar um espasmo involuntário.

— Que maravilha — ela diz. — Há quanto tempo vocês estão casados mesmo?

— Vai fazer três anos em julho.

— Ah, então temos um aniversário importante vindo aí.

— Sim.

— Quando chegar o dia, podemos pintar suas unhas num tom cintilante. Talvez um pêssego, que tal?

Agora ela está passando *Aperitivo Criativo* nas minhas unhas, curvada sobre mim, franzindo a testa no esforço de ser impecável, mas ela não consegue. Cassie erra o tempo todo e tem que corrigir com um daqueles palitinhos mergulhados em acetona. Nesse momento, quero puxar meus dedos das mãos quentes dela. Não suporto mais o peso de Cassie. Seu toque quente e gordo deixa de ser reconfortante e se torna asfixiante. Preciso me livrar disso. Agora.

— Terminamos? — pergunto. Bato o pé, inquieta, debaixo da mesa.

— Falta só o finalizador — ela sorri.

E então, após aplicar o sérum de secagem rápida com o conta-gotas, diz:

— Agora é só esperar um pouquinho. Já já seca.

Mas eu simplesmente não aguento mais ficar sentada naquela mesa. Assim que Cassie desencosta os joelhos rechonchudos dos meus e tira a tigela onde minhas mãos estavam de molho, sinto-me como se estivesse num velório.

Enquanto Cassie despeja a água salgada na pia, me pergunta, como sempre, se quero ficar com a lixa de unha. No começo, achei que fosse um gesto carinhoso, algo especial entre nós duas, mas descobri que ela pergunta isso para todo mundo. Mesmo assim, sempre levo a lixa que me oferece. Debaixo da pia do banheiro, tenho uma gaveta inteira cheia delas.

Não faz muito tempo, meu marido abriu essa gaveta e disse:

— Mas que porra é essa?

— Lixas de unha.

— Lixas de unha, é? — Ele deu de ombros. — Tá bom.

E fechou a gaveta.

Quando finalmente terminamos, Cassie coloca minha aliança de volta no dedo e leva minha bolsa até o caixa para não estragar minhas unhas recém-pintadas de *Aperitivo Criativo*. Pesca minha carteira. Revira os infinitos pacotinhos de chiclete ali dentro para achar a chave do carro. Tenho todos os sabores possíveis, desde Torta de Maçã até Doce Tropicália.

Peço desculpa pela bagunça. Cassie diz para eu não me preocupar, que eu tomaria um susto se olhasse a bolsa *dela*. Diz para eu não me esquecer de que minhas unhas ainda estão meio úmidas, por isso devo tomar cuidado. O finalizador não tem formaldeído, por isso demora mais para secar. A camada de cima talvez pareça seca em quinze minutos, mas a de baixo ainda vai levar um tempinho. "Então vê se toma cuidado para não bater as unhas contra a parede ou algo do tipo, hahaha."

Hahaha, concordo. E prometo que vou tomar cuidado, mesmo sabendo que não vou.

Saindo do salão, até tento dirigir com cuidado, segurando o volante só de leve. Cada vez que paro no sinal vermelho, olho para as minhas unhas, do tom das entranhas de uma boneca Barbie, piscando sob a luz. Já tem um amassadinho aqui, um enrugadinho ali.

Mal chego à loja, percebo que meio que já destruí completamente a esmaltação.

Ao atravessar a porta, vejo Eve atrás do caixa, envolta em suas roupas iridescentes de seda. Ao me ver entrar, ela sorri como se estivesse se afogando e eu fosse a boia jogada do navio para salvá-la. Minha chegada significa que ela finalmente pode ir para o beco dos fundos devorar seu pêssego verde e seu potinho de iogurte grego sem gordura polvilhado com alguma semente exótica. Se estiver realmente faminta, talvez belisque um punhado de amêndoas, que antes vai contar na palma da mão como se fossem comprimidos. Ela as guarda em um pote enorme que etiquetou e escreveu com marcador permanente: "Não coma! Amêndoas da Eve :)".

Mal sabe ela que eu roubo desse pote o tempo todo.

Entro sorrindo para ela, mas finjo não ver o olhar de desespero faminto e vou direto para a sala dos fundos. Lá, perco um tempo reaplicando meu gloss de cupcake no espelho rachado, mesmo sabendo que não precisa. Depois de ver Cassie, gosto de dar uma conferida nos meus próprios ângulos e cavidades do rosto. É um alívio ver que ainda estão lá. Que não engordei por osmose.

No balcão, vejo outro bolo — é óbvio que Eve o preparou. Banana com alguma fruta obscura — talvez oxicoco ou groselha. Já foi quase totalmente devorado. Imagino todas as minhas colegas quase gordas entrando, uma a uma, para cortar um pedaço com nossa faca cega comunitária.

Como Patricia, que está na "dieta dos dezessete dias" há cinco anos. Mary, Sarah e Lynne, todas na dieta dos pontos. Madeline, que tenta ter bom senso e disciplina — mas sem sucesso. Abro a geladeira coletiva e vejo vários potes de salada murcha, molhos sem gordura (todos vencidos) e, claro, o potão inseparável de Eve. Em cima dele, seu pêssego de polpa branca parece uma coroa que sinto ganas de derrubar.

Tem um potinho de sorvete de soja e uma maçã ali para mim também, e provavelmente vou comê-los mais tarde. Por agora, pego um punhado das amêndoas de Eve. Mastigo de olhos fixos no bolo dela, já meio devorado. Pelo padrão de sulcos na superfície, dá para ver que hoje ela o assou em uma forma de flor. Ela sempre usa formas divertidas. "Diferentonas", diz, embora a palavra soe esquisita na boca dela. Eu a imagino em uma cozinha impecável, tirando o bolo do forno com luvas térmicas decoradas, sentindo-se triunfante. Até a esteira onde caminha todo santo dia, no fim de um corredor escuro, parece comemorar.

No começo, tento não me abalar, mas logo pego a faca cega que está largada na pia.

Enfio uma fatia bem fina de bolo na boca, e, antes que eu possa engolir, as portas vaivém se abrem com um rangido e lá está Eve. Ainda sorri abertamente, mas olha para mim como quem diz que já esperou demais. Está decidida a resolver a situação.

— Amber tá cobrindo o caixa pra mim — ela avisa. — Tô *morta* de fome.

Aceno que sim, tentando esconder que ainda estou mastigando, mas ela já percebeu, então me sinto obrigada a dizer:

— Uma delícia o seu bolo.

Eve arregala os olhos prateados, fingindo surpresa.

— Ah, que bom!

— Desculpa o atraso — engulo rápido. — O almoço demorou um pouco.

— Sem problema, querida — ela diz, me dando um apertinho no ombro. Depois se inclina, dá uma fungada e comenta:

— Humm, você tá cheirando tão bem que dá até vontade de comer. — Ela encara minhas unhas detonadas. — *Aperitivo Criativo*?

— *Aortas e Tortas* — digo, fechando os dedos em um punho para esconder o estrago.

Ela me encara.

— Estiloso.

* * *

Com a boca ainda cheia do bolo de Eve, ocupo o lugar dela no caixa. Vejo-a passar por mim a caminho do beco dos fundos, abraçando o almoço e um livro de fotografia sobre Paris contra o peito. Sei que ela vai folhear as imagens enquanto come o iogurte. É seu pequeno ritual diário.

Atrás do balcão, fico encarando as torres precárias de mercadorias e bugigangas que Eve arrumou perto do caixa. Coisinhas fofas que você só descobre que está precisando quando se vê parada na fila. As clientes aparecem vestindo roupas de academia que nunca trocam e ficam dizendo: "Ai, que gracinha!, Ai, que fofo!", o que me faz lembrar de um viveiro de pássaros pelo qual passo ao sair para as minhas duas caminhadas diárias.

Olho para Amber, sentada ao meu lado no caixa, devorando um sanduíche da padaria ao lado e dando risadinhas para o celular enquanto navega no Facebook. Observo minhas unhas. Tirando umas partezinhas enrugadas, até que estão bonitas. Olho para o pote de bala de caramelo salgado que Eve sempre deixa sobre o balcão e depois para o meu relógio.

— Eve tá demorando, né? — comento com Amber.

Ela dá de ombros, sem tirar os olhos da tela.

— Grande coisa, a gente nem tá ocupada.

— Mesmo assim.

Me levanto e vou até um quadro pendurado ao lado da porta dos fundos, uma paisagem abstrata que me parece vagamente vaginal. Através do vidro da porta, vejo Eve lá fora, esparramada numa cadeira de plástico rachada, com o livro sobre Paris aberto no colo de cetim dela, bem na página do Jardim de Luxemburgo. O caroço do pêssego e o pote de iogurte jazem devorados diante dos pés calejados. Ela segura uma caneca de chá verde — sei que prefere o chá sem açúcar. Está olhando para frente, para além das lixeiras, imaginando-se em algum espaço zen, suponho. Talvez o oceano. Ondas cinza quebrando. Uma praia cheia de pedras.

Eve se divorciou há pouco tempo. Mora sozinha com os cachorros numa casa vazia no topo de uma colina com vista para o deserto.

— É horrível amar o mar e ter de viver no deserto — ela me confessou uma vez.

— Mas tem o lago — falei.

— Que se foda o lago — ela respondeu. — Minha alma precisa do mar.

Agora, com os olhos nela, ajusto a moldura do quadro, raspando a parede com as unhas sem querer. Eve se assusta com o barulho na cadeira e vira a cabeça num estalo, me encarando pelo vidro. Sorrio para ela e volto para o caixa.

Em casa, Tom está no escritório com a porta fechada. Quando a abro, não sei o que esperar, mas o que encontro são só linhas de código na tela do laptop e ele clicando inocentemente.

Ele se vira para me olhar.

— Oi.

— Jantar? — pergunto sem cruzar o batente.

— Peguei um Barbacoa no caminho — ele diz, levantando um burrito enorme já mordido. Agita-o no ar como se fosse uma bandeira de trégua. Duas fatias espremidas de limão estão largadas na mesa ao lado de um copo quase transbordando de Coca-Cola. — Achei que você ia querer comer algo mais light. Pra sua dieta.

— Ah, tá. Acho que vou fazer uma salada pra mim, então.

— Beleza.

Me viro para sair, mas então paro.

— O que foi? — ele pergunta.

— Você quer jantar comigo, pelo menos? — pergunto. — Quando eu terminar de preparar?

— Ah, até lá, o meu já vai estar frio, então, né... melhor eu comer agora. Eu posso te fazer companhia depois, se quiser.

Imagino Tom sentado na minha frente, com as mãos cruzadas em cima da mesa. Me observando mastigar, depois engolir, depois mastigar de novo.

— Não, tudo bem, você tem que trabalhar.

Fecho a porta.

Como uma tigela de mix de folhas temperadas de leve enquanto folheio *Nigella Bites: as receitas preferidas da chef inglesa*, jurando que encontraria uma receita do bolo *Melhor que sexo*, mas não tem. Então assisto a um vídeo no YouTube em que Nigella prepara um pudim de croissant com caramelo após uma noitada. "Meio excêntrico para um jantar", ela confessa para a câmera, tirando os saltos e largando os brincos no balcão da cozinha. "Mas, mesmo assim, é exatamente o que eu preciso." Ela sorri e começa a girar o açúcar na panela. "Fogo alto — sem medo. Agora, você pode girar o caramelo enquanto esquenta, mas NUNCA mexer. Se mexer, o açúcar pode cristalizar e o que eu quero, o que todo mundo quer, é um caramelo sedoso, cremoso e..."

A porta do escritório de Tom se abre. Ele sai para jogar fora a sacola do Barbacoa e olha para mim e para Nigella de esguelha.

— Te mandei um link de uma música nova do Nick Cave hoje. Você ouviu?

— Ainda não.

— Devia. — Ele volta para o escritório e fecha a porta.

"Ovos, leite e — por que não? — creme. Croissants amanhecidos, que parecem não servir para mais nada, exceto isso. Nessa receita, são sublimes. Ooh, eu consigo sentir a manteiga dos croissants nos dedos... é isso que vai deixar essa sobremesa tão deliciosa. Digna de ser comida pelos anjos nas nuvens. Embora, obviamente, tenham que ser nuvens bem resistentes, hahaha."

Ela desliza a travessa para o forno.

"Prontinho, meus amores."

Assisto ao vídeo de novo, enquanto mastigo cinco chicletes de uma só vez. Sabores torta de maçã, sorvete de menta com chocolate e laranja com creme, tudo junto.

"Hummm", diz Nigella, tirando a assadeira do forno. Ela trocou de roupa e veste um quimono preto de seda estampado com dragões. "Sobremesa no jantar", murmura, se servindo de uma tigela cheia para levar para o quarto. "Nosso sonho."

Assisto de novo e de novo, mastigando até meus olhos lacrimejarem, minha visão embaçar e uma dorzinha estranha começar a pulsar acima da minha têmpora esquerda.

Cutuco minhas unhas sem parar.

— Você voltou rápido — Cassie diz, segurando minhas mãos. O calor das mãos dela me deixa meio tonta, embriagada.

— Sou uma desastrada — balanço a cabeça, rindo. E conto para ela como, acredite se quiser, acabei mesmo batendo as unhas na parede. *Hahaha.* Ela ri comigo, mas continua me observando, então acrescento:

— Além disso, tenho um evento hoje à noite.

— Aaaah, que evento? — Os olhos azuis dela brilham.

— Um jantar? — Mas parece pouco. — E um musical.

Os olhos dela dizem que vou ter que contar qual.

— *Phantom?*

— Eu amo *Phantom*! — Na verdade, o marido a levou para assistir ao espetáculo recentemente, no aniversário dela. Eles tiveram uma noite especial... "Foi tão divertido, meu deus." Então, ela aperta mais as minhas mãos. — Temos que deixar suas unhas perfeitas pra esse supermomento!

Ela passa os dedos sobre minhas cutículas e unhas, decidindo se usa ou não a lixa polidora. Resisto ao desejo de fechar os olhos.

— Cansada? — Cassie pergunta.

— Um pouco. Tenho tido dificuldade pra dormir.

— Ah... — Ela me olha, franzindo a testa. — Que chato. Bom, se quiser dar uma cochiladinha, fique à vontade — ela sorri. — Não vou julgar. Melhor aqui do que no *Phantom*, né?

— É.

Hoje Cassie está usando uma blusa turquesa meio hippie que realça os olhos azuis e o tom de pêssego da pele dela. Percebo que tomou sol desde a última vez que nos vimos. Além disso, tem os cachos vermelhos presos num coque bagunçado — um penteado que nunca consegui fazer direito. Enquanto lixa minhas unhas, comento que o marido dela parece ter caprichado nas comemorações de aniversário.

— Ah, sim, fui mimada o dia todo. Foi maravilhoso.

— Me conta tudo.

Cassie conta que ele preparou panquecas no café da manhã. Depois a levou ao zoológico, que foi superdivertido. Agora eles têm um lugar dedicado especialmente aos ursos polares. "Você já foi? Meu deus, você precisa ver." E depois... ah! Eles foram comer cupcakes na Sweet Diva, aquela confeitaria nova que abriu.

Ela pega a lixa, mas depois desiste.

— Não vou polir porque já fizemos isso há pouco tempo. Suas unhas ficariam finas e frágeis demais. — Ela dá um tapinha nas minhas mãos e as mergulha de volta nas tigelas de água salgada.

— Nunca fui na Sweet Diva — comento.

— Ah! Você tem que ir. Com o tanto que cozinha, você ia *amar* — ela diz. — Eles fazem um cupcake de creme de coco que é surreal... Aí a gente se esbaldou, né? Tivemos até de tirar um cochilo depois.

Enquanto ela espalha iogurte frio pelos meus braços, imagino Cassie e o marido perfeitamente normal cochilando. Por cima do edredom. Cassie deixa marcas fundas no colchão. Talvez ele durma com o braço em volta dela.

— E depois do cochilo? — insisto, para que continue falando.

Ela sorri.

— Ganhei presentes.

— O que ele te deu?

— Um kit de arte para unhas. — Ela exibe as unhas recém-decoradas. Cada uma tem uma florzinha mal pintada em relevo. — Fazia tempo que eu queria.

— Lindo.

— E também isso aqui. — Ela balança os pés debaixo da mesa. Olho para baixo e vejo que está usando sandálias baratas, com um ar vagamente oriental, cobertas de pequenos pedaços de plástico colorido. Imagino o marido ajoelhado diante dela, sorrindo enquanto calça os sapatos em seus pés minúsculos. Ela tem pés desconcertantemente pequenos.

— Bonito.

Chegamos à parte da massagem. Fecho os olhos por um instante.

— Onde ele te levou pra jantar?

— Ah, num restaurante italiano que eu adoro. Aquele que tem uma cascata bonitinha, sabe? No shopping?

Cassie e o marido sentados um de frente para o outro. Ele de gravata, sorrindo radiante para o sorriso radiante dela sob a luz tremeluzente das velas. Ele toma a mão dela e a beija. Talvez estejam conversando sobre seus animais favoritos do zoológico.

— Ah, sim. Adoro aquele lugar. — "Odeio aquele lugar." — O que você comeu?

— Um prato de massa bem cremoso. Com aquela massinha em formato de gravata. Como chama mesmo?

Eles estão na semi escuridão do quarto, na cama ainda desarrumada do cochilo. Será que ela prefere a luz apagada? Provavelmente mais baixa. Ele teria que ficar por cima. Ou talvez não.

— Farfalle — digo.

— Farfalle — ela repete. — Isso! E, depois, um bolo lava de chocolate. *Delicioso.*

Ela monta nele ainda vestindo a saia branca, a blusa escorregando pelos ombros. Por um breve momento, habito a pele arrepiada do marido de Cassie. Deitado de costas no colchão marcado pelo corpo da esposa, espremido entre as coxas grossas dela. Sinto seus dedos desabotoarem minha camisa, minha gravata sendo puxada pelas mãos bem cuidadas dela. Quando se inclina para me beijar, um cacho vermelho roça minha bochecha. Então, as mangas dela deslizam ainda mais para baixo dos ombros, e sinto o peso de Cassie por inteiro. Ela tem gosto de gloss com sabor, bolo de chocolate e dia quente. Um cisne de papel-alumínio, guardando o resto da sobremesa, nos observa da mesa de cabeceira.

Abro os olhos.

— Nossa, você foi longe... Onde você tava? — ela ri.

— Lugar nenhum. Parece que foi um dia perfeito.

— Foi — ela diz, sorrindo para o nada.

Ao contrário de Eve, o facho de luz no rosto dela não cria sombras.

— Então, qual é a ocasião? — meu marido pergunta, olhando meio desconfiado para a cascata artificial e para os falsos afrescos no teto, feitos para imitar a Toscana.

— Só achei que seria legal a gente jantar fora. — Tento sorrir de maneira radiante.

Ele dá de ombros e abre o menu gigantesco. Depois, fecha de novo.

— Tô surpreso que você tenha escolhido este lugar — ele diz, encarando a cesta de palitinhos oleosos entre nós. Eles estão cobertos com um pozinho amarelo que deveria parecer queijo.

— Achei que seria divertido — digo.

Ele levanta uma sobrancelha, balança a cabeça e abre o menu de novo.

— O quê?

— Nada.

— Vou pedir o farfalle — anuncio.

— Ok. — Ele responde, sem tirar os olhos do cardápio.

— E depois pensei que a gente poderia pegar uns cupcakes. Na Sweet Diva, aquela confeitaria nova que abriu? Dizem que o de coco é coisa de outro mundo. — Tento sorrir de novo, mas ele só me olha, sério.

— O *quê?* — pergunto.

— Nada. — Ele volta a encarar o menu. — Só não quero que o clima fique pesado, só isso.

— Pesado? Por que ficaria *pesado*? É só um jantar.

Ele abaixa o menu e suspira.

— Você sabe como você é. Eu também queria que fosse só um jantar, mas toda vez que saímos assim, *nunca* é só um jantar. É a coisa mais deprimente do mundo, um kamikaze de tristeza e culpa.

Meus olhos se enchem de lágrimas, mas eu as engulo de volta. Balanço a cabeça para a cesta de pães.

— Desculpa. Estou sendo um babaca. — Ele pega minhas mãos, mas o aperto é frouxo. Nota meu esmalte. — Bonito.

— Fiz hoje.

— Mas você não tinha ido na manicure, tipo, dois dias atrás?

— Aham.

Ele solta minhas mãos.

— O que foi?

— Só quero que você seja feliz, só isso.

— Eu sou.

— Ótimo — ele diz. — Eu também.

— É mesmo?

— Claro. Por quê?

Penso naquela noite de novo, quando vi o vídeo das empregadas gordas no computador dele. Senti a porta do escritório se abrindo atrás de mim. Vi seu reflexo preocupado na janela. Ouvi a suavidade impossível com que chamou meu nome, uma suavidade que eu não ouvia há muito tempo, como se sua voz fossem dedos acariciando o rosto do meu nome. Não respondi nem me virei, só continuei assistindo, com as mãos fechadas em punhos.

— Por nada — digo agora.

— Você tem estado tão distante desde que sua mãe morreu. Sinceramente, Elizabeth, eu não sei como lidar com isso. Nunca sei o que fazer.

"Liz", penso. "Eu já falei que agora me chamo Liz. Por que ele nunca acerta?"

— Isso não tem nada a ver com a minha mãe — minto. — Nada mesmo. Tá tudo bem.

E fico ali, vendo-o mastigar os palitinhos e encarar a cascata com cara de poucos amigos, pensando em como, não faz tanto tempo assim, com minhas mãos rechonchudas, eu poderia tê-lo quebrado ao meio. Em como eu tinha medo de me encostar nele quando assistíamos TV no sofá, achando que meu peso era demais. Receosa de que, se eu me virasse na cama, pudesse acidentalmente esmagá-lo até a morte. Era um medo ridículo — nunca fui *tão* grande assim —, mas me tirava o sono. Isso somado à minha própria fome.

* * *

Ao voltarmos para casa depois do jantar, vou para o sofá e ele para o escritório, fechando a porta atrás de si. Fico acordada, encarando a silhueta da urna da minha mãe sobre a lareira. Guardo as fotos dela em uma caixa com a palavra "Paris" estampada na tampa. Em algumas fotografias, temos mais ou menos o tamanho da Cassie. Depois, só minha mãe tem o tamanho da Cassie, e ela olha para meu corpo encolhido com satisfação, enquanto encaro a câmera como se não fizesse ideia disso. Como se estivesse vazia. Hoje, consigo ver a doença em minha mãe — o diabetes e os problemas de coração que nunca quis contar —, na vermelhidão da pele dela, no olhar brilhante demais, na fadiga aparente. Por que nunca percebi o quanto estava exausta?

Na mesinha ao lado do sofá, há uma foto minha e do Tom na varanda dela, tirada bem no dia em que a conheceu. Ele está de gravata, porque era um dia importante. Eu estou com um vestido que nunca mais usei. Estamos lado a lado, mas olhando em direções diferentes — ele, para a câmera, eu, para algum ponto no canto da cena. Uso sandálias de salto, as unhas recém-pintadas pela minha mãe na noite anterior. Ela não só as pintou. Ela as cortou, pintou e lixou os calos dos meus pés. Estávamos sentadas na varanda quando comentei que queria fazer as unhas e reclamei que não tinha dinheiro para isso. Ela só disse "Meu Deus", e saiu. Achei que a tinha irritado com a minha reclamação. Só que minutos depois ela voltou, um pouco ofegante, com uma toalha jogada no ombro, alguns vidrinhos de esmalte velhos em uma mão e uma pedra-pomes gasta na outra. Colocou a toalha no colo e deu um tapinha na coxa.

"Aqui", disse.

Recostada na cadeira de ferro fundido, apoiei o pé na coxa dela como se fosse um apoio de pés. E, por vários minutos, minha mãe curvou seu corpo gigantesco sobre mim, cortando, lixando e pintando em silêncio, com tanta concentração que a língua dela escapava pelo canto dos lábios — pois não fazia ideia de como pintar as unhas dos pés de outra pessoa. Enquanto isso, tentei não olhar para ela e fiquei observando o sol se pôr atrás do lago. Era estranho, porque nós nunca nos tocávamos, e, de repente, todo o corpo da minha mãe estava ali, dobrado sobre um dos meus pés. Pintamos de vermelho-sangue, porque era a única cor que ela tinha.

Foi uma das últimas vezes que ficamos sozinhas antes de ela morrer.

"Pronto", ela disse, um pouco sem fôlego, quando terminou. "O que acha?"

"Ficou bom, obrigada", respondi, olhando para o lado, fixando o lago, o sol se pondo sobre ele. Sem conseguir olhar para ela naquele momento. Não por inteiro.

Cassie segura minhas mãos contra a luz, avaliando se deve tirar minhas cutículas. Encaro os seios dela presos no sutiã bege. A visão me faz arder os olhos. Uma lágrima quente escorre sem aviso pela minha bochecha. Com a dobra do cotovelo, eu a enxugo o mais rápido que consigo.

— Você tá bem? — A ruga de preocupação entre as sobrancelhas dela se aprofunda, mas hoje eu não me comovo. Hoje, eu a odeio por isso.

— Tô.

— Tem certeza?

Ela está usando um vestido azul-claro, de alcinhas finas e escorregadias. Me forço a lembrar da loja onde precisou comprar aquilo. Encaro as alcinhas que lhes escorregam dos ombros, revelando as alças grossas do sutiã, naquele tom sem graça de bege. Penso em como deve ser um fardo pesado para ela. Em como deve estar morrendo de calor. Até faço o exercício mental de visualizá-la num hospital, mas não adianta. Tudo que vejo é como o azul do vestido combina com os olhos dela e com o céu brilhante atrás. Como a pele dela ganhou mais cor nesses últimos dias. O cabelo vermelho, agora mais claro, roça o ombro coberto de sardas, agora mais marrom do que pêssego.

— Só tô cansada — digo. — Não tenho dormido muito.

— Ah, entendi. Sinto muito.

— Eu também.

Ela ainda segura minhas mãos nas dela.

— Aposto que você dorme bem — digo. — Aposto que você é daquele tipo de pessoa que apaga rapidinho.

— É — ela responde, colocando minhas mãos nas tigelas com água salgada. — Não tenho muita dificuldade com isso.

— Que sorte. Eu nunca consegui dormir assim tão fácil... ui, a água tá meio quente.

— Desculpa! Eu sempre tento deixar mais quente porque esfria rápido, sabe? Mas eu posso...

— Tudo bem. Logo esfria.

— Bom — ela pega um punhado de açúcar mascavo —, espero que isso te relaxe um pouco. Se quiser, pode fechar os olh...

— Cassie, você é feliz?

Ela olha para cima. A testa ainda franzida, provavelmente de concentração.

— Se eu sou feliz? — Ela pisca.

— Com a sua vida. Com o seu marido?

Ela abaixa os olhos, e as pestanas encostam nas bochechas. São tão longas, grossas e curvas que um dia cheguei a perguntar se eram falsas. Não eram. Ainda não consigo acreditar nisso.

— Mais ou menos. Quer dizer, na maior parte do tempo, sim. Por quê?

— Por nada.

Ficamos em silêncio por um tempo.

Ela começa a esfregar meu antebraço com mais força. Observo os cristais de açúcar arranhando minha pele.

— Tipo, claro, temos nossos problemas. Mas quem não tem, né?

— Sim. Claro.

Olho para Cassie e sorrio até que o olhar dela se desvie e volte para as minhas mãos massacradas pelo açúcar.

— Por quê? — ela pergunta. — Por que você tá me perguntando isso?

— Por nada. Olha, você se incomoda se a gente pintar de outra cor hoje? Enjoei do *Aperitivo Criativo*.

Voltamos a encarar aquele espaço vazio na altura das nossas orelhas esquerdas.

Cassie continua esfregando açúcar mascavo nos meus braços já irritados, com uma intensidade exagerada, fazendo o peito dela balançar bem mais do que o necessário, eu acho. Depois, enxágua tudo de forma nada delicada com um pano fervendo. Em seguida, pega um pouco de iogurte branco e gelado dentro de uma casca de coco. Observo-a espalhar o creme no meu antebraço ressecado e deslizá-lo entre meus dedos finos com mãos quentes e rechonchudas. Mesmo quando minhas mãos eram gordas como as dela, nunca emanavam esse tipo de calor.

— Eu simplesmente não entendo — digo.

— O *quê* você não entende? — Tem um tom novo na voz dela. Frieza. O choque faz meu coração palpitar. Fico sem palavras por um segundo.

Observo um cacho de cabelo ruivo escorregar do coque bagunçado e repousar sobre seu ombro largo e sardento. A alça fina azul-clara do vestido e a alça grossa, bege e deprimente do sutiã. Sinto a pressão dos botões do meu vestido nas costas.

— O quê você não entende? — ela repete.

— Por que chamam isso de "Caribe". Porque não tem nada de caribenho nisso, ou tem? Quer dizer, se a gente parar para analisar os ingredientes?

Só estou falando a verdade. E o iogurte nem grego é.

Cassie não responde.

— Você deve sentir fome, né? De ficar mexendo nessa mistura — pergunto. — Não sente?

Ela me encara até que eu abaixe os olhos.

— No começo, eu sentia sim — ela diz. — Mas depois de esfregar isso nas mãos e pés das pessoas tantas vezes, você acaba pegando nojo.

Ela passa o esmalte e o finalizador. Faz tudo com pressa, de um jeito meio porco, errando o manejo do conta-gotas, e o sérum transparente parece sangrar e escorrer pelas minhas cutículas. Não insiste para que eu espere aqueles dez minutos que, segundo ela, fazem toda a diferença. Apenas pega a tigela e joga a água salgada fria na pia.

— Você quer isso aqui? — ela pergunta, balançando a lixa de unha sobre o lixo, segurando-a pela ponta como se fosse o rabo de um bicho atropelado.

— Não, tudo bem.

Dessa vez, ela não carrega minha bolsa até o caixa, então destruo as unhas tentando pegar as chaves e a carteira. Mesmo assim, eu lhe deixo uma gorjeta absurda em dinheiro. Escrevo "Para Cammie" no envelope da gorjeta. Depois, risco e conserto: "Cassie".

Ultimamente, tenho acordado (se é que chego a dormir) com o cheiro do que quer que Eve esteja preparando desde a madrugada. Bolo de coco de sete camadas. Torta trançada de massa podre, cheia de cereja. Geralmente, como uma ou duas fatias enquanto ela me observa do outro lado da mesa de jantar. "É só até eu achar um lugar", digo para Eve todas as manhãs ao entrar na cozinha. "Fique o tempo que quiser", ela responde, me vendo afundar o garfo no doce e servindo mais café para nós duas. "Tem espaço suficiente aqui para nós duas."

Nesta manhã, me levanto do sofá coberto de plástico e, através das janelas impecavelmente limpas, encaro o deserto. Vejo um lago feito de sal. Um sol já alto demais, ofuscante. Uma paisagem árida, distante demais daquela de onde cresci.

"Volta pra casa", meu pai diz na mensagem de voz. Ele havia ligado para o apartamento, mas Tom lhe disse que eu já tinha saído. "Simplesmente volta. Usa a herança que sua mãe deixou e dá entrada em um lugar por aqui. Não tem por que continuar aí. Volta."

Penso em ligar pra ele. Mas, em vez disso, abro os contatos do celular e fico encarando o nome da Mel, com meu dedo pairando sobre o botão de chamada. A gente quase não se fala desde que me mudei para cá, embora eu tenha ligado algumas semanas atrás, numa das primeiras noites que passei na casa de Eve. Foi bem estranho. Ela disse que estava muito mal, e, quando perguntei por quê, me contou que as coisas com o namorado estavam ruins, que odiava o trabalho e, o pior de tudo — que tinha engordado. Não queria falar sobre isso. Falei que ela estava sendo muito dura consigo mesma, que isso acontece com todo mundo, e que, de qualquer maneira, eu tinha certeza de que continuava linda. E falei sério. Quando Mel não respondeu, disse a ela que eu também estava sofrendo. Contei sobre mim e Tom. Foi difícil — muito tempo tinha se passado desde nosso último contato, e havia muitas coisas que Mel não sabia. Acabei falando de modo muito fragmentado, contando a história em pedaços quase desconexos, que não pareciam significar nada diante do silêncio dela. Posto daquela maneira, tudo parecia banal, de alguma forma. Quando finalmente me calei, ela só disse:

"Poxa, parece complicado. Que pena."

Penso em Tom lá no vale seco, fechado atrás da porta do escritório. Talvez nem tenha notado que fui embora. Penso em Cassie e seu marido, e nas aventuras que estão vivendo hoje. Talvez tenham decidido ter um dia preguiçoso. Fecharam as cortinas, estão largados no sofá, e ele está beijando aquela tirinha branca de pele sob a alça do vestido dela, aquele pedacinho que o sol nunca alcança.

Outro dia liguei para o salão e me disseram que Cassie estava com a agenda lotada. Me ofereceram Hattie. Me senti como quando fui à boate de strip-tease e pedi uma ruiva voluptuosa, mas, no lugar dela, veio uma garota caribenha magrinha, com mechas malfeitas no cabelo.

Hoje em dia, vou num salão vietnamita aqui perto, que Eve recomendou. "Não é um lugar extraordinário", avisou, "mas dá pro gasto." Lá só tem dois tipos de tratamento para mãos: *Básico* e *Spa* — e a única diferença entre eles é a parafina. Também não tem nada para beliscar na sala de espera, só um aquário cheio de algo que parece alcaçuz, embora sejam apenas umas pedrinhas pretas escorregadias. A única vantagem é que a dona do salão dá umas marteladinhas nas suas costas e ombros com os punhos miúdos enquanto você espera o esmalte secar. Eve acha que isso dá um toque especial à experiência, e eu concordo. Além disso, a manicure pinta minhas unhas do jeito que eu quiser, sem comentar nada. Posso usar esmaltes daquele tom de preto-avermelhado que tanto amo, em que minhas unhas parecem ter sido mergulhadas em sangue de vampiro. E, no final do serviço, quando me oferece a lixa, eu sempre recuso. Porque, sinceramente, o que é que eu vou fazer com isso? A moça dá um aceno com a cabeça e joga a lixa no lixo, seu devido lugar. É o nosso ritual. Deixo exatos quinze por cento de gorjeta.

12

Additionelle

Desde que voltei para casa, às vezes sinto uma estranha necessidade de vir aqui. Ver as manequins plus size expostas na vitrine ainda me acalma. A visão das barrigas cheias de dobras, como ondas no mar, é algo muito reconfortante. E, hoje em dia, as roupas até que são bem moderninhas, quase estilosas. Saias no estilo cauda de sereia. Tops de poá. Peças com ilhós e bordadas em renda — não aquela renda vagabunda de antigamente. É preciso olhar mais de perto para perceber os cortes generosos, as barras mais longas, as mangas três quartos, e entender que são roupas feitas para quem tem algo a esconder.

Assim que entro na loja, vejo aquela mesma prateleira escalonada de camisetas com gola canoa, todas estampadas com animais em apliques termocolantes. Principalmente gatos. Guepardos. Tigres. Felinos domésticos brincando felizes com novelos de lã. Eles me encaram com aqueles olhos bordados de lantejoula que, anos atrás, quando eu não tinha opção de comprar roupas em outro lugar, sonhava em arrancar.

A música não mudou. Das caixas de som invisíveis, ainda escorrem versões instrumentais de músicas soul. Sempre músicas sobre *mulheres*. "You Make Me Feel Like a Natural Woman". "When a Man Loves a Woman"*, e por aí vai. Como se o simples fato de ser mulher, dentro dessa loja, precisasse de justificativa. Observo as fêmeas gordas se enfiando no meio dos cabides, torcendo para encontrar dos males o menor: um cardigã preto sem laços de strass ou teias de pérolas na frente; um decote elástico com gola em V ou redonda — liso, de preferência. Quando eu tinha que comprar roupa aqui, fazia o mesmo. Passava horas procurando algo — qualquer coisa — que me deixasse ao menos moderadamente gostosa. E, se não desse, então procurava ao menos uma peça na qual eu pudesse lamentar o fato de não ser uma grande gostosa de maneira digna — ou seja, sem enfeites. Passo entre esses cabides e essas mulheres, e ainda que não seja mais uma delas, ao mesmo tempo, continuo sendo. E é como se eu nunca tivesse ido embora.

Eu realmente devia parar de vir aqui.

A vendedora me vê segurando um vestido evasê com estampa de zebra e pergunta se pode me ajudar. É óbvio que ela não me reconhece. Como poderia? Faz anos que não compro aqui e perdi, sei lá, talvez o equivalente a uma mulher inteira nesse tempo. Além disso, usava outro nome, e nunca vinha sozinha, estava sempre acompanhada da minha mãe.

Minha mãe também comprava aqui, tinha que se virar só com essas calças e suéteres da Addition Elle, mas, assim como a vendedora, sempre combinava o colar com os brincos, a bolsa, os sapatos. Chamava isso de "dar uma incrementada". Ela e a vendedora se davam às mil maravilhas. Talvez não se lembre de mim, mas me lembro bem dela. Continua usando acessórios agressivamente chamativos, que gritam,

* Em tradução livre, "Você me faz sentir naturalmente como uma mulher" e "Quando um homem ama uma mulher". (N. E.)

ESTOU TENTANDO FAZER O MELHOR QUE EU POSSO, mas, se antes me tratava com gentileza por causa da minha mãe, agora sua voz soa desconfiada. Seu olhar desliza pelo meu corpo, me analisando. Não visto de 46 a 54. Então, o que é que eu estou fazendo aqui?

— Tô só dando uma olhadinha, obrigada.

Ela troca um olhar de lado com a colega, que está dobrando sutiãs gigantes debaixo de um letreiro que diz FUNCIONAL PODE SER SEXY. Sorrio calorosamente para as duas, como se estivesse abrindo os braços e dizendo: "somos todas irmãs". Elas retribuem o sorriso, meio desconfiadas.

Mas que porra é essa? Será que estou tirando sarro da cara delas?

Sinto a vendedora me seguindo enquanto atravesso a seção de boleros e vestidos cheios de correntes que compõem a ala "Moda Noite". Então, pego dois vestidos aleatórios da arara: uma túnica listrada e algo dourado e com ombreiras, só pela nostalgia. Estou a caminho do provador quando vejo, pendurado ali perto, um vestido azul-marinho de veludo, na altura da panturrilha, com mangas bufantes e fivelas de strass. Largo os outros vestidos, pego esse e me viro para a vendedora, que, sem dúvida, estava me seguindo esse tempo todo.

Ela me olha, hesitante.

É sério que quero provar? Não é brincadeira? Tenho certeza?

Aceno que sim com a cabeça. "Sim, tenho certeza."

Ela me leva até lá com uma relutância palpável. O provador é exatamente como me lembrava. Espelhos por todos os lados, uma iluminação misericordiosa. A porta é espessa, reforçada com aço, e vai direto até o chão. Nenhum Smurf esquelético do outro lado da parede berrando e pedindo um tamanho P ou PP. Tirando o farfalhar de coxas volumosas tentando entrar em calças justas, o silêncio é quase absoluto. Do outro lado da parede, ouço uma mulher dizendo para outra que "as calças ficaram boas, não, não, ficaram ótimas".

Lá dentro, há um banco acolchoado, largo o suficiente para sentar à vontade sem sofrer nenhum acidente. O banco onde eu costumava me sentar, de braços cruzados, usando um sutiã gigantesco cor de chumbo. No chão, ao meu redor, vejo os sacos de suéteres e as calças com elástico no pé que eu deveria estar experimentando, espalhados como gatos chutados. Eu só balançava a cabeça. "Sendo difícil." Minha mãe e a vendedora batiam na porta. "Deixa a gente ver!" Ou, às vezes, minha mãe entrava comigo e ficava sentada ali, me assistindo trocar de roupa. "Tá bonito", ela dizia. Dizia isso todas as vezes, menos uma. Daquela vez, ela desviou o olhar, tentando disfarçar o nojo ao ver estrias vermelhas espalhadas pela minha barriga. Mesmo tendo as mesmas marcas na barriga dela, não suportava vê-las em mim. Afinal, não tinha tentado, à sua própria maneira, me poupar desse mesmo destino? Ainda consigo vê-las no espelho — estão desbotadas, mas continuam ali.

Penduro o vestido no gancho atrás da porta e passo a mão no veludo felpudo. Tirando alguns detalhes, é basicamente o mesmo vestido. Uma versão atualizada, adaptada às últimas tendências. O mesmo tom de azul-marinho que ela dizia ser "escuro o suficiente, pelo amor de Deus", porque sabia que nenhum vestido dessa loja jamais seria preto o bastante para mim. As mesmas fivelas frouxas presas às mangas bufantes, que lembro de ter tentado arrancar com todas as minhas forças. Até chamei a tia da Mel, que era costureira, para tentar removê-las de um jeito mais profissional. Ela ficou ali debaixo do meu sovaco por quase meia hora, um duende esloveno carrancudo, com um cigarro pendurado no canto do lábio peludo, puxando e repuxando a fivela, para depois balançar a cabeça como um médico diante de um caso perdido.

"Não dá pra tirar sem estragar as mangas", decretou.

"Então estraga", eu queria dizer, mas só soltei um "Ah".

Enquanto isso, Mel estava por perto, fingindo ser apenas uma espectadora inocente, mas olhando para si mesma no espelho de corpo inteiro, alternando entre uma expressão preocupada e olhares furtivos de satisfação. Eu sabia que, dali a três horas, ela estaria na pista de dança, enroscada com algum gótico decadente, de corpete desamarrado e a saia puxada até o alto das coxas, enquanto eu me encostaria numa parede próxima, contando os minutos para comer pizza sentada no meio-fio da calçada.

Pego o vestido do cabide e o seguro contra o corpo.

Acredite se quiser, mas cheguei a dar uns pegas usando esse vestido. Em um cara de camisa prateada e cabelo espetado estilo ouriço-do-mar. Era noite fetichista no Savage Garden. Mel me arrastou até lá contra a minha vontade e, assim que chegamos, grudou em um cara que parecia um pirata melancólico. E eu ali, encostada na parede, me sentindo horrível dentro dessa monstruosidade de veludo, com música industrial alemã explodindo nos ouvidos, e assistindo a uma mulher meio nua sendo chicoteada num crucifixo de madeira no meio da pista de dança.

E então ele apareceu. Primeiro, virou um caneco de cerveja. Depois, limpou a boca com as costas da mão. E aí veio na minha direção. Achei que estivesse interessado na magrelinha de frente única preta à minha esquerda, mas não — era eu que ele queria. Foi a mim que levou para fora e empurrou contra a parede de tijolos. Foi o meu rosto que segurou entre as mãos, apertando tanto que eu quase não conseguia respirar. E o mais mágico de tudo? Enfiou as mãos por baixo daquele vestido horroroso, rasgando a lateral dele, porque estava apertado demais. "Ops", ele disse. Só que eu não me importei. Na verdade, aquilo me deu uma ideia.

Eu pedi que arrancasse as fivelas.

Ele as puxou de uma só vez, uma em cada manga, enquanto eu segurava o cabelo dele com força. O som do tecido se rasgando.

O *clink clink* dos strass caindo no chão sujo, cheio de cuspe seco. Aquela foi a experiência mais erótica da minha vida — até Mel decidir me arrancar de debaixo dele.

"Olha, parecia que ele tava tentando estuprar você", ela disse mais tarde, no caminho de volta para casa.

"Aff, ele não tava."

"Aff o caralho, parecia mesmo". Mel estava irritada. O pirata tinha ido embora cedo e, pela primeira vez, foi ela que teve que ficar me vigiando.

"Meu deus, o que foi que aconteceu com você?", minha mãe perguntou quando cheguei em casa.

"Caí", eu disse.

Ouço batidas do lado de fora do provador. A vendedora tenta soar descontraída:

— Vocês estão bem aí?

"Vocês." Por que sempre no plural? Que tipo de pessoa será que eu sou?

— Estamos ótimas, obrigada — respondo.

Anos depois, quando já tinha emagrecido, vi o mesmo cara parado na esquina da Queen com a Spadina, esperando um bonde. Sem os espinhos loiros no cabelo. Sem a camisa metálica. Só um homem de cabelo ralo, esperando um bonde, vestindo um terno cor de areia. Eu estava no carro, esperando o sinal abrir. Não dava para sair, mas senti que precisava dizer alguma coisa. Nesse momento, o sinal abriu; tentei procurá-lo pelo retrovisor, e ele havia sumido.

A voz da vendedora se eleva, mais estridente agora.

— Senhora? Não vai sair? A loja já tá fechando!

— Já vou — digo, passando os dedos pelas fivelas de strass. — Só um minutinho.

Eu tinha me esquecido de como esse tecido era pesado. Tem muito forro por baixo.

Ao puxar o vestido por cima da cabeça, fico temporariamente cega. E, quando minha cabeça sai pela abertura larga da gola, ainda continuo sem ver. As luzes de trilho se apagaram acima de mim. A música ambiente também sumiu, cortando Michael Bolton bem no meio do refrão. Elas estão falando sério, querem *mesmo* que eu saia.

Batem na porta de novo e o vestido cai sobre mim em meio à escuridão. Gritam por mim, "Senhora! Senhora", e eu deveria responder, mas estou muda. Porque eu tinha certeza de que este vestido estaria tão largo que eu nadaria dentro dele. Afundaria até, como se fosse o oceano. Que o espaço onde eu terminava e o vestido começava seria infinito, mas, mesmo no escuro, consigo sentir. Ele está mais perto do que eu imaginava. Perigosamente perto. E, se eu esperar até meus olhos se ajustarem, talvez consiga enxergar minha silhueta no espelho, e, assim, medir o tamanho e descobrir o quanto.

13

Além do mar

Moro na Torre Sul do Bloco 1 do condomínio de apartamentos Além do Mar, e, da janela do meu quarto, tenho uma vista privilegiada para o Malibu Club Spa and Fitness Centre, o que significa que a primeira coisa que vejo todas as manhãs ao acordar é Char, minha vizinha, triunfando sobre os limites da própria carne. Dependendo de quantas vezes aperto o botão de soneca no alarme, posso pegá-la no meio de uma série de elevações de perna, fazendo abdução de coxa ou aquele estranho movimento de quadril em que apoia as mãos nos ossos salientes da bacia e balança de um lado para o outro na frente do espelho — nessas horas, mesmo meio dormindo, sinto uma profunda vergonha alheia. Na maioria das vezes, o que vejo ao abrir os olhos é a imagem dela curvada sobre a *Lifecycle* 1, com todos os ossos da cintura para cima debruçados sobre o guidão, completamente submissa à Grande Missão, que, do meu ponto de vista, só pode ser a aniquilação do Índice de Massa Corporal.

Depois de acordar, fico um tempo ali parada, observando-a da janela, mesmo sabendo que isso me exaure — tanto física quanto espiritualmente. Vendo-a assim, à distância, não sinto ódio, embora ela seja minha inimiga jurada, e eu saiba que um eventual confronto sobre a questão dos nossos horários seja inevitável. Às vezes, sinto até uma pontinha de pena daquela figura minúscula, curvada, que pedala com tanto empenho, mas isso nunca dura muito. Seis andares acima dela, experimento um pequeno momento de clareza antes de vestir minha roupa de ginástica e me preparar para destroná-la.

Enquanto caminho até o Malibu Club, que fica entre o Bloco 1 e o 2 do Além do Mar — um condomínio que não tem absolutamente nada a ver com a Califórnia (pois estamos muito longe de lá) —, me preparo para o nosso inevitável confronto. Entro na academia, que, como sempre, cheira a suor velho e esfregão azedo, e vou direto para a Ficha de Reserva dos Equipamentos de Cardio. Lá está meu nome, categoricamente escrito no horário das 7h00 às 7h30, no espaço reservado para a *Lifecycle* 1, em letras garrafais, pressionadas com força no papel. Logo acima, vejo o nome dela, em uma caligrafia cursiva e descontraída, marcado no horário das 6h30 às 7h00. O meu foi escrito com um lápis mal apontado. O dela, em tinta indiscutível. Apesar do ar casual daqueles garranchos, não me deixo enganar. Já sei, por experiência própria, que ela não vai sair dessa bicicleta sem lutar.

E estou certa.

Mesmo com o relógio da academia marcando sete em ponto e o meu — ajustado de acordo com o horário mundial — já marcando 7h02, lá está ela, ainda pedalando, sem a menor intenção de brecar. Até agora, escolhi ser a pessoa madura da situação. Primeiro, faço alguns alongamentos passivo-agressivos de panturrilha dentro do campo de visão dela. Nada. Então, me aproximo um pouco mais, girando os ombros enquanto fuzilo o rosto dela com os olhos. Como, ainda assim, ela se mantém impassível, pigarreio bem alto.

Ela se vira para mim e, meu deus, esse momento é aterrorizante: sou obrigada a encarar, de perto, todo o esforço cardiovascular dela.

Os rios de suor escorrendo pelos vãos angulosos de seu rosto desajeitadamente maquiado. As manchas de blush coral que ela esfrega em cada bochecha. Nos lábios cerrados, um talho de batom cor de tangerina desbotada. O jeito que ela me encara, de olhos arregalados e cheios de uma fúria movida a endorfina, me faz sentir cada dobrinha do meu abdômen inferior, a forma como minhas coxas grossas se friccionam ao andar, as malditas "asas de morcego" que Harold vive me dizendo para ter paciência (ele jura que já teve uma cliente em que desapareceram, do nada, como num passe de mágica), pois logo vão sumir. Ela me examina de alto a baixo, absorvendo mentalmente minha relação percentual entre gordura e músculo, e sei que, nesse momento, perdi credibilidade aos olhos dela. Posso até imaginar os nomes que já me deu. Algo como Turista de Academia. Ou Gorda Cuzona.

— Você é a próxima? — ela pergunta, como se ela já não soubesse disso do fundo de sua alma alimentada a leite de soja.

— Sou — respondo, como se isso fosse novidade e eu a portadora de uma notícia inesperada e desagradável. Tipo: "Olha só, vai chover sapos hoje. Uma tempestade deles. Sinto muito, tá?".

Ela olha de mim para o relógio e balança a cabeça, como se nós dois fôssemos seus inimigos. Como se eu e o relógio estivéssemos tramando contra ela. Segundo a Ruth, ela até já escreveu reclamações para a gerência sobre esse relógio, alegando que ele adianta três minutos.

Mas, vendo que o tempo não está a seu favor, ela volta a encarar a piscina, onde as senhoras da hidroginástica boiam para lá e para cá ao som de "Kokomo", com seus corpos rechonchudos fazendo a água verde ondular. Mesmo que acene a cabeça de maneira quase imperceptível, sei que ela registrou a informação de que seu tempo acabou. Ainda assim, não sai da bicicleta. Aliás, por alguns minutos, até aperta o guidão com força e começa a pedalar ainda mais rápido, me forçando a contemplar sua espinha longilínea e fibrosa e a fazer as contas de quantos minutos ela já roubou de mim ao longo dos últimos dois anos. Eles somam à conta. Como todo o resto. Como os chicletes Trident que me esforço para não mascar. Como as amêndoas torradas no tamari e os pedaços de gengibre cristalizado que tento não roubar da Bulk Barn. Como o punhado de pipoca de micro-ondas que meu pai oferece toda sexta à noite e faço de tudo para recusar, durante nossas maratonas de *Fawlty Towers*, nosso evento fixo desde que me mudei de volta para o Leste.

Respiro fundo para pigarrear de novo, mas ela me corta, descendo da bicicleta num rompante dramático. Arranca uma folha de papel toalha com violência. Espirra desinfetante na máquina. Limpa tudo errado. E sai marchando na direção dos colchonetes, onde inicia seu longo e complexo ritual de tonificação — fazendo com que eu me sinta, é claro, como se fosse a mesquinha da história.

Quando finalmente me sento na *Lifecycle*, segundo o relógio da academia, tenho apenas 24 minutos até a chegada da aeromoça anoréxica, que virá acompanhada de suas revistas de moda espanholas e de seu peso de passarinho, alternando a cada segundo de um pé para o outro, ansiosa para me ver sair dali. Tento fazer esses minutos valerem a pena, mas não é fácil. Não consigo deixar de sentir que essa guerra pelo horário nobre da ergométrica não está fazendo muita diferença, mas Harold diz que preciso "confiar no processo e amar a jornada". Ele está aqui na Malibu agora mesmo, parado ao lado de uma de suas clientes mais antigas, Margô, cujo corpo — desde que me lembro — sempre teve a mesma aparência: a de uma batata equilibrada em dois palitos de dente. Agora, ele fez Margô subir em uma meia bola bosu e, mesmo enquanto ela treme que nem vara verde, ele segue incentivando-a a fazer agachamentos com uma perna só. Margô é muito guerreira. Lá está ela, se debatendo inteira, mas de queixo erguido. Nosso olhar se cruza no espelho e Harold me faz um sinal com os lábios, "Segunda-feira", por sobre o corpo trêmulo de Margô e, em seguida, dá soquinhos no ar e uma piscadela.

À minha volta, sinto que as demais pessoas do horário das 7h00 da manhã já estão a muitos minutos de distância de mim nas suas remadas, corridas, pedaladas e treinos elípticos. São, em sua maioria, mulheres de meia-idade. Tento não olhar para elas. Se eu focar no suor escorrendo das têmporas, nas bocas semiabertas arfando, nos rostos retorcidos de concentração ou de pura aniquilação mental, nos sonhos de versões futuras impossíveis de si mesmas, nos olhos deslizando sobre romances de banca ou revistas de moda, nas celulites das pernas — que continuam exatamente como eram dois anos atrás, quando me mudei para cá —, vou começar a sentir que somos todas parte de uma triste colônia de roedores, vítimas de uma pegadinha cruel e doentia. Como se, em algum lugar daquele teto barato de estuque, houvesse uma câmera escondida e um público morrendo de rir das nossas gotas de suor inúteis, da nossa carne manchada, que essas horas a fio na academia claramente não conseguiram modificar.

Então, em vez disso, mantenho meu olhar fixo nas janelas gigantes que dão para a piscina e observo o agitar de braços das mulheres da hidroginástica. Elas me lembram um pássaro que vi uma vez num documentário sobre a natureza, tentando escapar de um vazamento de petróleo. Foi horrível ver aquelas asas batendo freneticamente, testemunhar a vitória inevitável do líquido negro. Ainda assim, eu não conseguia parar de assistir. Nem antes, nem agora. Há algo nos maiôs comprados em lojas de departamento, no chafurdar sombrio das mulheres na água, que é tão hipnótico para mim quanto um cardume de águas-vivas. Uma jovem infeliz, vestindo shorts jeans, está parada na borda da piscina, fazendo movimentos no ar para que os corpos icebérguicos das alunas os repliquem debaixo d'água. Deve ser a nova professora. Nas minhas inúmeras, ainda que esporádicas, sessões das sete horas da manhã, já vi essas mulheres aterrorizarem ao menos três instrutoras diferentes. Ninguém parece especialmente animado em acompanhar os movimentos da professora nova, exceto um russo excêntrico que, à noite, costuma revirar as lixeiras de reciclagem à procura de... sei lá o quê. Os respingos exagerados dele fazem com que as mulheres se mantenham a uma distância segura. Acho que suspeitam que esteja zombando delas e adorariam expulsá-lo do grupo — mas têm um pouco de medo dele.

— É o *seu* horário e você tem que deixar isso claro — diz Ruth mais tarde naquela noite, enquanto comemos no Zen, um restaurante estrategicamente localizado dentro do condomínio. Ruth é advogada de família, especialista em divórcios e entusiasta da Esteira 3. Mora na cobertura do Bloco 2. Não foi quem cuidou do meu divórcio, mas me deu vários conselhos. Como usuária de esteira, ela não precisa lidar com Char, mas, sendo veterana do Malibu Club, ela a conhece bem e é solidária ao drama dos horários disputados na academia.

— Você tem que ser firme — diz Ruth, apontando os hashis para mim.

O Zen é um daqueles lugares que oferece hashis mesmo que você esteja comendo salada. Só para tornar a experiência divertida.

— Não dá pra argumentar com ela. Ela não vai te ouvir.

— O que eu queria saber é de onde ela tira essas canetas pra escrever o próprio nome — digo. — Eu nunca vejo nada além de lápis naquele podiozinho da Ficha de Reserva de Cardio.

Ruth remexe algumas folhas de couve em busca de pedaços de palmito camuflados.

— Você não sabia? Ela traz de casa.

— Você tá brincando.

Ruth assente, toma um gole de Iron Maiden e faz uma careta. Esse suco parece um lodo negro, mas dizem que faz bem para o sangue e aumenta a energia — algo de que realmente precisamos.

— Já vi. Ela guarda dentro dos shorts de ginástica.

— Mas isso é loucura. Por que alguém faria isso?

— Ai, amiga, não é óbvio? Ela morre de medo de alguém apagar o nome dela.

— Mas isso é ridículo! Aqueles lápis do pódio nem borracha têm.

— Não estamos lidando com uma pessoa racional — diz Ruth, ajeitando seu casaquinho preto, que, neste calor, provavelmente está ali só para esconder a gordura dos braços.

— Que triste — digo. — Que existência deprimente.

— Triste mesmo. É de chorar.

Enquanto ela pega salada com os hashis, vejo a pele perto da axila — a parte não coberta pelo casaquinho — balançar levemente com seu entusiasmo.

— Bom, acho que eu podia começar a usar a *Lifecycle* 3 — digo. — E acabar logo com isso.

— Por que é que *você* tem que mudar? — diz Ruth. — Além disso — acrescenta —, você odeia essa bike. Já não falou uma vez que pedalar nela era tipo um pesadelo?

— E é — digo.

E não estou mentindo. O guidão nunca está sincronizado com os pedais. Ruth disse que tentaria falar sobre isso na próxima reunião do conselho do condomínio. Ela faz parte do conselho.

— Então pra que cogitar uma coisa dessas? É tipo eu com a Esteira 3. Não sei por quê, mas é a que funciona pra mim. A gente tem que investir no que *funciona* pra gente, não é?

Concordo, olhando através do tampo de vidro da mesa para a barriga de Ruth que, apesar da sua dedicação inabalável ao Malibu

Club e das duas refeições semanais entregues na porta por um restaurante de comida saudável, não mudou nada desde que a conheci. Na verdade, Ruth é uma versão levemente murcha da garota gorda e bonita de dezessete anos cuja foto me mostrou uma vez, quando fui à casa dela. Essa foto, em um porta-retrato sobre a lareira de mentira, está ali para lhe lembrar o quanto já avançou.

Ela me pergunta se conheço Christine, do Bloco 2.

— Christine?

— Acho que ela é de antes do seu tempo — diz Ruth, com um aceno de mão indiferente. — Enfim, Christine tinha esse horário das 7h00 havia anos. E teve o mesmo problema com a Char. As duas até brigaram na academia uma vez. Christine foi firme. Deixou bem claro que aquele horário era *dela* e que Char estava atrapalhando.

— E o que aconteceu?

— Char deu um chilique. Óbvio. Foi feio, mas, no final, ela teve que ceder. Não teve escolha. Eu disse, você tem que ser firme com ela. Colocar ela no devido lugar.

Fiquei imaginando o que "colocar Char no devido lugar" significaria. Ela pedalando freneticamente. Eu tirando seus dedos do guidão osso por osso.

— Não sei. Me sinto mal com isso, sabe? De verdade. Parece tão... mesquinho.

Ruth me encara por um momento e então solta os hashis.

— Lembra quando, um tempinho atrás, você escrevia seu nome nos aparelhos de cardio, mas nunca aparecia?

Meu rosto esquenta.

— Lembro.

— Bom — Ruth diz, inclinando-se na minha direção —, era ela que escrevia "NÃO COMPARECEU" ao lado do seu nome.

— *Não!*

— Sim.

Lembro daquelas letras horríveis, todas em maiúscula. Três riscos embaixo. Pontos de exclamação ao redor. Aquela flecha acusadora apontando para o meu nome. Lembro de me perguntar: "Quem em sã consciência faria uma coisa dessas?". Agora, pensando bem, lembro que tudo era escrito a caneta.

— Meu deus. Quem faz uma coisa dessas?

— Claro — diz Ruth — que ela não agiu sozinha. Foi *incentivada* por certas pessoas. Afinal, ela também tem seus aliados.

— Mas isso é ridículo! Como o fato de eu não ter aparecido pode ter atrapalhado ela? Ou qualquer outra pessoa? Qualquer um pode pegar o aparelho depois dos cinco minutos de tolerância.

E é verdade. Isso está bem claro no regulamento.

Ruth mexe nos restos da salada em silêncio. Lembro que isso — gente que reserva o aparelho e não aparece — também é um dos maiores ódios dela. O momento fica estranho. Apesar de nos conhecermos há dois anos, não somos tão próximas assim.

— Agora eu fiquei com raiva — digo.

— E deveria. Eu também ficaria no seu lugar.

— Isso é tão... doentio. Ela é *doente*.

Falamos sobre nosso tópico favorito: o quanto Char é doente. Como seus ossos estão mais visíveis ultimamente. Como suas camisetas ficam penduradas como sacos enormes com buracos para os braços.

— O que você acha que ela come, se é que ela come?

— Chá fermentado — diz Ruth. — Sem açúcar. De conta-gotas. É só o que consigo imaginar. Ou então algum tipo de alga.

— Deprimente — digo.

— Demais — Ruth murmura.

Decidimos pedir dois cappuccinos com leite desnatado e dividir um cupcake de cenoura sem glúten.

— Você acha que aquela balança do Malibu Club é confiável? — pergunto, observando Ruth serrar o cupcake ao meio com um hashi.

— Acho que sim. Sei lá. Pode ser que esteja meio desregulada. Por quê?

— Ah, é que ultimamente tenho me pesado nela todo santo dia, e o número simplesmente não mexe. Tá, tipo, travado. Você sente isso também? Que a balança tá travada?

Ruth examina as duas metades do cupcake para garantir que ficaram exatamente iguais e depois me entrega a minha. Fico olhando para ela, lembrando de quando eu saía com Tom para os nossos jantares de recompensa. A gente ia tomar sorvete, e ele sempre comia o dele bem devagar. Assim, depois que eu já tivesse devorado o meu e me deprimido por ter acabado, ele podia me passar o dele, ainda pela metade. "Não consigo comer tudo isso", eu dizia. "Claro que consegue," ele respondia sem me olhar, porque sabia que, se me olhasse, eu não aceitaria. "Pega. Você merece. É sua noite de folga. E, de qualquer forma, você sabe que eu não ligo pra essas coisas." E daí eu pegava, e me sentia mal por não conseguir resistir. Odiava sentir que, mesmo depois de todas as mudanças positivas que havia feito, ainda não estava acima dessa necessidade, enquanto *ele* estava. Tinha raiva de Tom por isso, mesmo sabendo que, por trás daquele gesto, só havia bondade. Um amor tão grande por mim que fazia com que olhasse para o outro lado enquanto eu comia.

A gente ainda se manda músicas de vez em quando. Na maioria das vezes, é ele que manda. Músicas novas de bandas antigas que a gente amava. Músicas novas de bandas novas que ele acha que eu posso gostar agora. Na maioria das vezes, não consigo ouvir. Às vezes ouço, mas uma onda se quebra dentro de mim por um instante, e aí preciso desligar.

— Eu me pesava todo dia, mas agora tô tentando me desapegar da balança — diz Ruth. — Cansei de me prender a um número, sabe? Acho que assim fico mais saudável. Mentalmente falando.

— É, você tem razão.

Observo enquanto ela dá mordidinhas minúsculas no cupcake para fazê-lo durar mais. A cada mordida, ela levanta as sobrancelhas e balança a cabeça, como se estivesse recebendo uma notícia surpreendente, mas não ruim. Ela realmente parece saudável. A pele brilha, o cabelo brilha, e ela parece genuinamente satisfeita.

— Quando tá andando na esteira... você já se sentiu como um hamster?

Ruth franze a testa, lambe um pouco de cobertura do canto da boca.

— *Um hamster?*

— Qualquer roedor, na real. Tipo, numa rodinha? Tipo... como se fosse uma piada?

Ela se recosta na cadeira, que range. Me encara por um instante.

— Uma piada? O que você quer dizer?

— Sabe aquelas pessoas que vão na academia direto e não mudam nada? Tipo, nada? — Assim que digo isso, sinto o olhar dela percorrendo meu corpo. — E é tipo... todo aquele tempo, toda aquela energia, sabe? Quando a gente podia estar...

— Podia estar... — Ruth me cutuca, impaciente.

Tenho uma imagem na cabeça. Paris. Uma mulher caminhando só pelo prazer de caminhar. Com amigos de verdade. Ela está feliz.

— Sei lá. Qualquer outra coisa.

Ela dá de ombros.

— Não sei onde você quer chegar, *exatamente*, mas vou te dizer uma coisa: nos dias em que não malho, eu sinto a diferença. Sim. Sem dúvida nenhuma.

Ela dá um gole no cappuccino com estévia e leite desnatado, selando a afirmação. Em seguida, olha o relógio. Diz que, falando nisso, está a dez horas do próximo horário dela. É melhor pedirmos a conta.

Quero agarrá-la pelo casaquinho e confessar que sou uma descrente. Que estar naquela máquina faz com que eu me sinta como se estivesse correndo em uma substância gosmenta, pior do que lama. Que não tenho tração, nem controle. Que, enquanto estamos sentadas aqui, há um buraco furioso e faminto dentro de mim, profundo como um abismo sem fundo. Mesmo que Ruth seja só um fio de cabelo mais magra que eu, ela se sente do outro lado do espectro das garotas gordas. E me olha da distância segura e levemente arrogante da convicção e do autocontrole.

Então eu digo:

— Sei como é. Eu também. Com certeza.

Ao sairmos do Zen e seguirmos para nossos respectivos apartamentos, pergunto:

— Ei. O que aconteceu com a Christine, a do horário das 7h00? Ela se mudou?

— Não, ainda mora aqui. Tá no Bloco 3 agora, se não me engano, mas parou de ir à academia. Meio que chutou o balde. Te vejo amanhã? — ela pergunta, já com o chaveiro na mão.

— Lógico, amiga.

No elevador de volta para o meu apartamento, já sinto a metade do cupcake fazendo o seu pior e começo a pensar em quantos minutos de *Lifecycle* serão necessários para pagar essa dívida. Mais minutos do que Char jamais estaria disposta a ceder, sem dúvida.

Quando a porta do elevador se abre no meu andar, vejo um gato de pelo listrado, um pelo curto inglês — um dos gatos de Char — disparar na minha frente. Ela tem esse hábito. Solta os bichos nos corredores à noite. Diz que é para "tomarem ar fresco".

Soube de algumas coisas sobre os gatos dela através de conversas secas no elevador. Mesmo que a gente sempre evite descer juntas, se puder. Sei que um tem asma e outro tem crises convulsivas, mas esqueço qual precisa de injeção e qual precisa de remédio triturado na comida. Mesmo assim, me compadeço, pois recentemente também perdi um gato que dependia de injeções. O Sr. Benchley. Eu o adotei logo depois de me separar de Tom, mas ele já era velho e doente naquela época.

No corredor, me abaixo ao lado do gato e estico a mão para ele cheirar. O gato cheira, mas mantém distância. Atrás de mim, sinto a porta do apartamento de Char se abrir. Sei que ela está ali, parada no batente, me observando, mas não olho para ela. Em vez disso, pergunto ao gato:

— Qual o seu nome?

— Caramelo — Char responde atrás de mim. — Por causa da cor do pelo.

— Bem, Caramelo — digo —, você é lindo. É sim. É sim, é sim, é sim.

Então me levanto, cambaleando um pouco antes de recuperar o equilíbrio, e sigo meio trôpega até minha porta sem olhar para trás nem dar boa noite.

Quando tropeço para dentro do meu apartamento, sou esfaqueada na coxa pela quina afiada da cristaleira de vidro da minha mãe, que, depois que ela morreu, não tive coragem de descartar.

Enquanto estou deitada aqui — já temendo os exercícios da manhã seguinte, sentindo meu corpo inchando por culpa do jantar e odiando Ruth por isso —, detesto pensar que Char e eu compartilhamos da mesma parede do quarto. Me encosto na tinta cor de casca de ovo, imaginando que ela provavelmente está encostada do outro lado.

Estará consumindo algas marinhas fermentadas com um conta-gotas? Se deliciando com a saliência dos ossos da coluna? Contando as costelas com um ábaco? Às vezes me encosto e tento captar os sinais de uma vida secreta. Nossa, eu *adoraria* que ela tivesse uma vida secreta. O que ouço, porém, é decepcionante. Só silêncio. Uma sitcom com trilha de risadas. Talvez *Frasier*. O abrir e fechar de uma porta de armário.

Na manhã seguinte, finalmente chego ao meu limite. Sinto no ar o caminho todo até o Malibu Club — sei que hoje será o dia do nosso confronto. E é inevitável. Quando entro na academia às 7h e vejo que Char ainda está chacoalhando os ossos em cima da *Lifecycle*, vou direto até ela e dou aquela pigarreada. Dessa vez, porém, quando vira aquele rosto suado e horrível para mim, não travo e não me acovardo. Em vez disso, digo, sem rodeios, que aquela máquina é minha naquele horário, como ela já está careca de saber. E quando ela responde, "Me dá só uns minutinhos", como se estivesse espantando um inseto, eu a lembro — em alto e bom som, para que todas as mulheres que estão se exercitando em vão ouçam — que ela já roubou parte do meu tempo ontem, e anteontem, e no dia anterior. E é aí que ela me interrompe e grita:

— Tá bom! Tá bom! Tá bom! *Relaxa!*

E embora uma névoa vermelha queime a parte de trás do meu pescoço, eu não me mexo. Fico ali, com os braços cruzados sobre minha camiseta desbotada com o slogan JUST DO IT, supervisionando-a enquanto limpa o assento e o guidão. Até aponto as manchas de suor que ela esqueceu de limpar nos pedais. Quando faço isso, acho que Char vai me dar uma bofetada, mas ela só se vira de costas e limpa os pedais também. Quando termina, se afasta rápido na direção dos colchonetes, xingando o tempo todo, e posso ouvir, baixinho, o apelido que ela me dá. É pior do que o meu para ela. Pior do que qualquer xingamento que já atirei contra mim mesma diante do espelho como se fosse uma pedra. Pior do que qualquer coisa que eu poderia ter imaginado.

Malhar no rastro dela, naquele rastro úmido, é sempre uma experiência desorientadora, mas hoje é como treinar no pós-guerra, pisar num chão coberto de ossos, sangue e crânios. O guidão ainda está pegando fogo de tanto que ela o segurou, aparentemente lutando pela própria vida. O monitor ainda está úmido da limpeza apressada. As manchas de suor ainda assombram os pedais. E, do canto do salão, sinto a lâmina afiada da raiva dela apontada para a minha nuca enquanto faz agachamentos em câmera lenta, marcha carregando pesos, ou rebola os quadris. Uma perna raivosa e ossuda de cada vez. Quando subo na máquina ainda fumegante, sinto a verdade irrefutável do que aqueles olhos furiosos estão cravejando em minhas costas: que esses minutos não farão diferença nenhuma para as áreas problemáticas que Harold menciona com tanta delicadeza. Então vejo Ruth no espelho, me encarando enquanto exercita os ombros. Ela mexe os lábios, "Você fez bem", e balança a cabeça. Então ponho um pé ridículo na frente do outro, mesmo parecendo a repetição daquele pesadelo em que estou correndo sobre um chão mole demais, esforçando-me para correr enquanto o solo desmorona debaixo de mim.

Para me distrair, observo as mulheres da hidroginástica, que, percebo, mais uma vez não têm instrutor. Agora uma das próprias alunas está liderando a aula. Vejo todas repetirem os passos daquela dança aquática absurda, condenadas a habitarem suas peles flácidas para sempre.

E então, de repente, sinto que tudo isso é demais para mim. Desisto. Saio da máquina três minutos antes de o meu tempo acabar. Espero que Char me fuzile com os olhos, mas quando olho para os colchonetes, vejo que já se foi. Não há sinal dela, só uma marca afundada no colchonete e algumas gotinhas de suor espalhadas. Limpo a máquina para a comissária de bordo faminta que está à espreita atrás de mim, há tempos se alongando de forma bem óbvia. Quando vê que saí antes do tempo, ela me lança um sorriso cadavérico de gratidão. "Que bênção esses minutinhos extras", os olhos dela dizem. Posso sentir seu orgulho secreto por ter chegado cedo tantos dias, como se estivesse dando um tapinha no próprio ombro ossudo e cheio de tendões, pensando: "A gorda finalmente desistiu, jogou a toalha".

Pois é, esse dia chegou.

— Ela é toda sua — digo.

E ao vê-la se prender alegremente à máquina como se fosse uma extensão do próprio corpo, sinto um cansaço tão grande que nem faço meu alongamento pós-cardio. Nem prancha. Nem aqueles exercícios de perna e abdução de coxa que, cá entre nós, já estou convencida de que não funcionam mesmo.

Isso tudo, percebo agora, não passa de uma grande pegadinha.

Na manhã seguinte, eu não vou para a academia. Nem na próxima. Nem na outra. Em suma, solto minha frágil posse do horário das 7h. Me entrego ao abismo. Segue-se mais um período de escuridão, onde nada é medido, contado ou pesado, em que me visto diante do espelho sem sequer olhar para o reflexo. Uma fase em que o Malibu Club, visto do alto do sexto andar, se transforma em um estranho aquário cheio de peixes curiosos, e Char é seu espécime mais triste. Todas as manhãs, assisto de cima enquanto ela se farta dos minutos que abandonei e, em voz baixa, murmuro:

— Você venceu. Tá feliz agora?

Mas ela não parece feliz. Parece tão furiosa como sempre foi.

À noite, como grandes quantidades de Alimentos Que Eu Deveria Evitar com meu pai. Temos um acordo tácito: se ele não menciona Tom, meu divórcio, minha mãe ou meu atual estilo de vida, ele é bem-vindo de vez em quando, pode se sentar na outra ponta do sofá branco da minha mãe, com suas florzinhas azuis, e assistir *Absolutely Fabulous* comigo. Assim, aos poucos, fomos nos reaproximando nesses últimos anos desde que voltei para casa.

— Sexta à noite — diz meu pai, virando-se para mim. — Algum plano?

— Não.

— Você não tem uma amiga que mora aqui perto? Aquela antiga. Como ela se chama mesmo? Mal?

— Mel. — Mel mora num outro condomínio, mais ou menos perto daqui. Também tem um nome. Éden. Ou Leste do Éden. Algo assim.

— E aí?

— Ah, a gente se vê de vez em quando.

Isso já foi verdade, mas agora faz mais de um ano que não nos encontramos. Depois que me mudei de volta, nos víamos a cada dois meses para tomar um café ou um drink à tarde. Conversávamos de um jeito meio travado por umas duas horas — sobre o namorado dela, sobre eu estar saindo ou não com alguém, sobre o trabalho dela e o meu —, até que uma de nós, geralmente Mel, listava todas as coisas que tinha para fazer no dia seguinte. "Melhor ir nessa. Foi bom te ver." "Foi bom te ver também. Devíamos fazer isso mais vezes." Devíamos. Acho que nos distanciamos. Algumas amizades são assim.

Hoje, sinto que meu pai quer perguntar mais coisas, mas não pergunta. Em vez disso, me entrega uma tigela de pipoca de micro-ondas. Desta vez, não recuso. Aceito. E, depois de devorarmos a pipoca, comemos juntos uma caixa meio velha de bombons recheados com conhaque.

Assim que se levanta para pegar um copo d'água, ele bate a cabeça no candelabro de ferro da minha mãe. Isso acontece sempre. Como de costume, ele suspira, mas não diz nada.

Quando voltei para cá, meu pai costumava dizer que eu devia me livrar das coisas da minha mãe. Depois, perguntava se eu já tinha considerado a possibilidade. Agora, só se senta nelas e não diz mais nada. Apoia os pés nas superfícies afiadas de vidro e cromo. Às vezes, vejo-o observando as cinzas da minha mãe, sobre a prateleira da lareira de mentira. Estão guardadas numa urna azul empoeirada, decorada com flores grandes e espalhafatosas. O padrão me lembra as estampas das lojas de roupas para gordas, do tipo que minha mãe usou a vida toda, e que eu mesma usei por boa parte da minha juventude, algo que, no passado, somente mulheres gordas tinham que usar antes de todo mundo engordar e a oferta finalmente encontrar a demanda. Talvez houvesse opções melhores de urna além desta, mas, na época, afogada em luto, não fui capaz de procurar. E, de qualquer forma, eu me dizia: "ela não vai ficar aí por muito tempo. Logo vou soltá-la". Espalhar suas cinzas em um corpo d'água, exatamente como me pediu. Agora, anos depois, continuo pensando sobre isso. Já me imaginei na beira de inúmeros mares cinzentos e revoltos, ou às vezes é um rio, escuro e rápido demais, ou então uma imensidão azul-esverdeada de águas calmas. Estou usando um casaco cinza-escuro e comprido. Parada na margem rochosa. Parada na ponta do cais. Parada na beira do rio pedregoso. Inclinada sobre o parapeito da ponte. Com os pés afundados na areia branca e molhada da praia onde um mar verde e ondulante receberá minha mãe. A urna pesa em minhas mãos, mas, por mais corpos d'água que eu tenha sobrevoado na minha mente, nenhum deles me parece o certo. Tampouco aquele lago que vejo pela janela. Ou o que quer que seja aquilo.

— Aquele lago deságua no mar, né? — pergunto ao meu pai.

— No mar? — ele repete, sem tirar os olhos da TV. — Imagino que sim. Tem que desaguar, não tem?

Quando meu pai se levanta para ir embora, ele bate a cabeça no candelabro de novo, e solta um palavrão.

— Você chega a acender essas velas ou...?

— Às vezes.

— Você devia acender. Se vai ficar com isso aqui, devia acender.

Atualmente, meu pai está saindo com duas mulheres do prédio, ambas moradoras do Bloco 1, ambas no quinto andar, mas em torres diferentes. As duas são frequentadoras meticulosas da academia à noite, uma um pouco mais que a outra. Quando deixa meu apartamento, ele desce para vê-las.

— Boa noite — digo.

Depois que ele vai embora, vou para a cama. E tenho o mesmo sonho recorrente no qual explodo a Bebe, uma loja de roupas femininas. No sonho, quando a vendedora minúscula me diz que não tem o blazer de pavão em tamanho médio — mesmo que eu não vista M de jeito nenhum, mas sim um G instável e conquistado a duras penas —, sorrio para ela e digo que tudo bem. E dessa vez está *mesmo* tudo bem. Porque sinto a dinamite presa à minha barriga, escondida sob meu cardigã XG da Ann Taylor. Quando mostro para a vendedora por que tudo está tão bem, ela grita e eu grito, e então todas nós subimos em fumaça. Os vestidos colados. As blusas assimétricas esvoaçantes. Toda a linha aeróbica cravejada de strass. E mesmo que eu morra no grande incêndio, também consigo assistir a tudo queimando lá de cima. E é lindo ver a nuvem em forma de cogumelo, as cinzas brilhantes, sentir o vento quente da explosão no meu cabelo, mas as sirenes e os alarmes que anunciam o fim da Bebe não estão só no meu sonho — eles estão no meu apartamento e são ensurdecedores. Abro os olhos. Alarme de incêndio. A voz de Carlos, o segurança da noite, ecoa pelo sistema de som em todos os apartamentos: "Não entrem em pânico, não entrem em pânico".

Coloco um robe e saio tropeçando. Vou cambaleando até a saída de emergência e passo pela porta do apartamento de Char. Está escancarada.

Do batente, eu a vejo andando de um lado para o outro em uma versão invertida do meu próprio apartamento. Está com um gato debaixo do braço e grita sem parar, "Caramelo!", num tom esganiçado. Ainda veste a camiseta da academia, calças de moletom que ficam penduradas no corpo dela, e, por cima de tudo, um robe surrado. Enquanto a observo, lembro de uma tigresa caolha que vi no zoológico uma vez. Como ela andava de um lado para o outro na jaula de pedra, e nós, do outro lado, só olhando. Encostei a testa no vidro e fiquei sentindo o pânico e o sofrimento dela no meu próprio corpo por um bom tempo, até que uma criança ao meu lado perguntou: "Por que ela tá andando assim?".

E o tratador respondeu: "Ela tá estressada".

E me lembro de ter planejado libertá-la ali mesmo. Eu voltaria à noite. Pularia a cerca pontuda de metal. Tacaria uma lixeira no vidro reforçado. Cavalgaria a tigresa noite adentro — desde que ela não me comesse antes.

Entro no apartamento de Char e, pelo canto do olho, noto a ausência de comida nos balcões de granito da cozinha, os vasos altos de vidro soprado cheios de orquídeas falsas, as mesas e cadeiras chiques, as estátuas metálicas sem formas definidas. Detalhes que guardarei para contar para Ruth depois, enquanto tomamos Iron Maidens.

"Você acredita que ela vive assim? Deprimente."

"Deprimente mesmo."

"Que vidinha deprimente."

Ela não pede ajuda e eu não ofereço, mas, mesmo assim, a sigo até a sala. Nós nos agachamos no carpete cor de casca de ovo (vejo que ela também prefere casca de ovo a bege). E ali, embaixo do sofá de vime, bem debaixo da estrutura já meio afundada, vejo um par de olhos amarelos bem arregalados. Caramelo.

Char levanta uma ponta do sofá enquanto eu tento agarrar o gato, que começa a rosnar e cuspir. Para conseguir pegá-lo, tenho que soltar as garras do carpete, uma por uma. Carrego o bicho com as patas esticadas, as garras apontadas direto para o meu pescoço, e assim seguimos até a saída de emergência. Deixamos o prédio e seguimos até um pedacinho de grama entre o estacionamento e o Malibu Club, onde o som do alarme é um pouco menos ensurdecedor.

Nos sentamos na grama seca e mal aparada, entre círculos de plantas feias. Flores plantadas como sentinelas. Flores tão sem graça que nem têm nome. Os gatos continuam rosnando no nosso colo. Não falamos e nem olhamos uma para a outra. Acima de nós, um tom rosado começa a iluminar a noite. Char não me agradece. Quando olho para ela, vejo que está encarando fixamente as janelas de aquário do Malibu Club. Está olhando uma mulher na *Lifecycle* 1, pedalando no escuro. Faço isso às vezes, quando não consigo dormir. Desço antes de os corretores de imóveis e analistas de negócios chegarem para o horário das 5h30. Fico ali no escuro até algum idiota de faixa de toalha na cabeça descer e acender a luz. Não sei por quê, mas é mais fácil pedalar no escuro, colocar um pé ridículo e descrente na frente do outro, fingir que tudo aquilo faz sentido, iluminada somente pelas luzes de saída e os botões das máquinas.

Já vi essa mulher pedalando antes. Fora o pessoal da hidroginástica, não dá para imaginar uma criatura mais estagnada que ela em termos de resultados. É tipo uma novela que você não assiste há dez anos, mas quando sintoniza de novo, a história não andou nem um centímetro. Todos os triângulos amorosos, intrigas e escândalos estão exatamente onde você os deixou. Os atores só estão um pouco mais velhos, com os rostos cheios de procedimentos estéticos.

— Faz tempo que não te vejo na academia — Char comenta, fazendo um gesto com o queixo em direção às janelas escuras do Malibu.

— É — respondo.

— Dando um tempo?

— Mais ou menos.

Ela assente com um ar compreensivo e pega um maço de cigarros no bolso do robe. Oferece o maço para mim, mas nego com a cabeça.

— Gosta de zoológico? — ela pergunta, acendendo um cigarro.

— Zoológico? Gosto. Às vezes.

— Eu trabalho lá, sabia? Na arrecadação de fundos.

— Ah, é? — pergunto, fingindo que não sabia.

— Posso conseguir ingressos grátis pra você — ela diz. — Sabe, pra você e mais um amigo.

Penso na Mel. Como, no colégio, a gente ia ao zoológico e ela me arrastava para a seção dos macacos só porque sabia que eu morria de medo deles. E depois, arrependida, me levava até as tartarugas. Em retrospecto, pensando bem, não faz muito sentido termos passado tantos anos deitadas na grama ouvindo as mesmas músicas no mesmo fone de ouvido para nossa amizade chegar onde está. Que é lugar nenhum. Eu realmente preciso mandar um e-mail para ela.

— Talvez eu consiga até um tour exclusivo, privado. Não de todos os animais, é óbvio. Mas de um, por que não? O seu favorito.

Silêncio.

— Então, qual é o seu favorito?

— Não sei. Tartaruga? — digo.

— Tartaruga — ela repete. Dá para perceber que é uma escolha decepcionante. Eu devia ter dito algum felino grande. Um guepardo. Um lince. — Não deve ser difícil. Só lembra de me avisar com antecedência porque preciso de um tempo para organizar.

Assinto e continuo observando a mulher pedalando no escuro. Será que eu era como ela? É lógico que não. Com certeza estava chegando a algum lugar. Sem dúvida todo o meu esforço estava me levando a algum progresso, a alcançar metas reais.

— Triste — Char diz de repente. Vejo que ela também está olhando para a mulher.

— Sim — concordo. — Muito triste.

A garra do gato no meu braço relaxa um pouco.

— Se ela fizesse um treino intervalado... Esse é o problema dela. Não faz treino intervalado.

A fumaça do cigarro sai da boca de Char como pequenas línguas fumegantes.

— O corpo precisa ser surpreendido. Atacado. Sempre. Você tem que chocar seu sistema o tempo todo. Senão, você não sai do lugar.

— É — digo, olhando para a mulher. — Você sabe se esse lago deságua no mar?

— No mar? Acho que não.

Aceno com a cabeça.

— Mas talvez sim, pode ser — ela diz. — Acho que primeiro deve ir para um rio. Não tenho certeza.

"Pra onde será que vai?", Mel me perguntou uma vez.

"O quê?"

"A nossa gordura. Quando a gente emagrece. Sei que a gente sua, mas não pode ser só isso. Não pode simplesmente virar água e sal. Não pode simplesmente desaparecer. A gente não derrete simplesmente, não é?"

Ela me olhava, sorrindo, balançando um pouquinho na cadeira. Estava de bom humor porque fazia um tempo que estava de dieta e, por isso, estava emagrecendo. Se sentindo filosófica naquele vestido de veludo colado, mexendo um chá de menta que havia adoçado com um milhão de pacotinhos de adoçante.

"Na verdade, acho que a gente derrete, sim, falei para ela. Li um artigo sobre isso numa revista de ciência. Não lembro exatamente o que dizia, mas acho que sai até pela respiração."

Mel não estava ouvindo. Estava encarando o próprio reflexo na janela, satisfeita.

"Talvez esteja por toda parte", ela disse, gesticulando no ar denso do café, fazendo uma voz sombria, de olhos arregalados, como quando a gente era adolescente e ela tentava me assustar. "Talvez a gente esteja por toda parte. Talvez o universo seja feito disso. Da nossa gordura antiga." Ela sorriu. "Não seria engraçado?"

O vermelho do amanhecer incendeia nossos rostos e a água. As torres de vidro da cidade, que vão voltar ao cinza deprimente assim que o sol subir de vez, brilham e flamejam à distância. Daqui o lago parece lindo, mas eu sei — já vi com meus próprios olhos, nas caminhadas que faço por lá às vezes — que ali embaixo não tem nada além de lixo e peixes cegos corroídos pela poluição. Talvez eu pudesse mudar de máquina. Alternar o nível de inclinação a cada dois minutos. Mudar o programa de treino o tempo todo, do Aleatório para o Queima de Gordura e daí para Suave Escalada, só para ter a sensação de que estou chegando a algum lugar. As sirenes se aproximam, e o gato de Char se enrijece em meus braços. Mesmo sabendo que aquela mulher também deve estar ouvindo as sirenes através do vidro do Malibu Club, ela continua pedalando. Enquanto a observo, respirando a fumaça do cigarro de Char, sinto que estou perigosamente perto de uma verdade que provavelmente já está ao nosso alcance.

Uma verdade que, eu sei, poderia mudar tudo.

Agradecimentos

Obrigada aos meus pais, Nina Milosevic e James Awad, por todo o amor e por sempre acreditarem em mim.

Muito obrigada a Alexandra Dimou, Ken Calhoun, Jessica Riley, Jennifer Long-Pratt, Erica Mena-Landry, Dawn Promislow, Mairead Case e Emily Cullitone pela amizade, pelo apoio imenso, pela gentileza e pelos feedbacks sempre tão atenciosos ao longo da escrita deste livro.

Agradeço especialmente à Jessica Riley, uma leitora brilhante e generosa, cuja amizade e incentivo infinito me salvaram mais vezes do que consigo contar (inclusive no que diz respeito à minha sanidade).

Obrigada a Brian Evenson, meu inspirador professor, por suas observações sempre perspicazes e encorajadoras, e também a Joanna Howard, Carole Maso, Thalia Field, Joanna Ruocco e Kate Bernheimer, cujo direcionamento foi inestimável. E, claro, agradeço ao meu fantástico grupo da Brown (2012-2014), que teve a paciência de ler muitas e muitas versões deste livro.

Toda a minha gratidão aos editores generosos que leram e apoiaram minha escrita: Nick Mount, Jordan Bass, Derek Webster,

Matthew Fox, Carmine Starnino, Jaime Clarke e Mary Cotton, da Newtonville Books, Libby Hodges, Mikhail Iossel, Mike Spry, Emma Komlos-Hrobsky, Emily M. Keeler, Lauren Spohrer, Quinn Emmett e Elizabeth Blachman. E um muito obrigada à Christine Vines.

Obrigada à minha agente incrível e incansável, Julia Kenny, cujo entusiasmo ilumina meus momentos de dúvida, e à minha editora, Lindsey Schwoeri, por seu olhar inteligente, observações precisas e dedicação incansável a este livro. Seu compromisso com a autenticidade e a voz da narrativa foi mais uma prova de que eu não poderia ter uma editora melhor. Além disso, também agradeço à minha editora canadense, Nicole Winstanley, por suas anotações cuidadosas, sua dedicação profunda a este livro, e por tê-lo trazido para minha terra natal.

Agradeço à Debka Colson e ao Writers' Room de Boston por terem me dado um espaço para escrever.

Agradeço à Betsy Burton por abrir sua casa para mim e me dar tempo e espaço para trabalhar, e a todos da The King's English Bookshop pela amizade, pelo senso de comunidade e por terem me dado um emprego quando mais precisei.

E, por fim, minha mais profunda gratidão a Rex Baker, a quem este livro é dedicado. Seu amor e sua crença em mim me sustentaram durante todo o processo. Eu jamais teria conseguido escrever este livro sem você.

Este livro, composto na fonte Fairfield,
foi impresso em papel Ivory Slim 65g/m² na Leograf,
Osasco, Brasil, maio de 2025.